Alt BDSM

Inngang Bak

Erika Sanders

Alt BDSM
Inngang Bak
Erika Sanders

Alt BDSM

Synopsis

Den består av følgende romaner:
  Inngang Bak
  Smalt Rumpehull
  Oppdager Bakinngangen
  Risikabelt Back Bet

Alt BDSM er en roman med et sterkt erotisk BDSM-innhold og på sin side en ny roman som tilhører samlingen **Erotisk Dominans og Underkastelse**, en serie romaner med et høyt romantisk og erotisk BDSM-innhold.

(Alle karakterer er 18 år eller eldre)

Merknad til forfatter:

Erika Sanders er en internasjonalt kjent forfatter, oversatt til mer enn tjue språk, som signerer sine mest erotiske forfatterskap, bort fra sin vanlige prosa, med pikenavnet sitt.

ALT BDSM
INNGANG BAK
ERIKA SANDERS

INNGANG BAK

13

JUBILEUM OVERRASKELSEFEST

15

KAPITTEL I

De var bestevenner på videregående. Og de har vært bestevenner siden.

Selv om de var voksne som bodde i storbyen, med sin egen karriere og sine egne travle liv, fant de likevel tid til å møtes minst en gang i uken på en kafé i sentrum, hvor de delte oppdateringer om livene sine.

De var fortsatt kledd i kontorklærne mens de pratet over kaffe.

"Så, femårsdagen min nærmer seg," sa Lesley og refererte til ekteskapet hennes med Rob.

Marlene skjerpet blikket. "Du vet, 5 år er en stor sak, spesielt nå til dags. Du vet hva det betyr, ikke sant?"

"At?"

"Det betyr at du må skaffe ham noe ekstra spesielt denne gangen, og omvendt også."

Selvfølgelig var Marlene autoriteten på dette. Hun jobbet for et datingnettsted og var en profesjonell matchmaker. Hun var også relasjonsterapeut og ekteskapsrådgiver.

Uansett hvor tvilsom Marlenes karriere virket for Lesley, var det ingen tvil om at den var effektiv. Marlene hadde et godt rykte for å bringe mennesker sammen og få vanskelige relasjoner til å fungere. I storbyen der de bodde, var folk mer enn villige til å betale Marlene store penger for hennes veiledning.

"På dette tidspunktet er det vanskelig å få noe bra for Rob," klaget Lesley. "Han er en diskret person og han har allerede alt han vil ha."

"Så gjør noe spesielt. Lag henne et stort måltid. Gi henne en overraskelsesfest. Hva som helst."

"Dessverre er Rob en mye bedre kokk enn meg. Og han hater overraskelsesfester. Han synes de er barnslige."

«God sex fungerer alltid», sa Marlene spøkefullt og tok en slurk av kaffen. "Menn setter alltid pris på en god blowjob når det er mulig."

Lesley rødmet, "Gud, hold det nede, vil du?"

"Se, alt jeg sier er at 5 år er en stor sak. Spesielt i disse dager. Du vil kanskje tenke på noe spesielt."

"Ok."

«Jeg har alltid rett,» blunket Marlene.

KAPITTEL II

Selve rådene var ikke dårlige. Lesley tenkte på det på vei hjem. Da hun kledde av seg på soverommet sitt, skjønte hun hvilken heldig kvinne hun var.

Jeg var gift med en flott fyr, hadde en flott jobb og hadde en fantastisk vennegjeng å stole på. Som 33-åring hadde han det bra.

Men hva skulle hun gi Rob til femårsdagen deres? Han hadde allerede alt han ønsket seg. Han var ikke en masete fyr. Den var enkel i sin smak. Han jobbet som forsikringsselger og på fritiden likte han sport og å henge med vennene sine. Det var det.

Vanligvis elsket Lesley det faktum at han var så lite krevende, fordi det ga henne mer tid til å fokusere på behovene hennes.

Nå, mer enn noen gang, ønsket hun å gjøre ting med ham. Hun ville glede ham. Og hun var fast bestemt på å få ekteskapet deres til å vare.

Hun så på seg selv i soveromsspeilet. Han var fortsatt i god form. Hun var idrettsutøver på videregående og høyskole, men siden hun ble kontorarbeider var det vanskeligere å holde samme form. Hun hadde lagt på seg noen kilo rundt hoftene og lårene. De fleste ville ikke ha lagt merke til det, men hun var alltid klar over utseendet sitt og fulgte med på hver endring kroppen hennes gjorde.

På tide å kutte ned på litt karbohydrater, tenkte hun.

Ellers så det flott ut.

Hun gled i de komfortable, uformelle hjemmeklærne sine: joggebukser og en overdimensjonert T-skjorte. Når det store jubileet nærmet seg, var det på tide å være en god husmor og lage middag.

KAPITTEL III

Arbeidet var interessant dagen etter. Lesley jobbet for et mellomstort reklamebyrå, hvor hun var i stand til å utføre arbeid hun elsket. Hun elsket å samarbeide med kollegene sine og være kreativ.

Men i bakhodet var alt han kunne tenke på deres kommende jubileum og samtalen han hadde hatt med Marlene.

Med alt på gang på kontoret, utnyttet Lesley pausen til å gå på det private badet og ringe bestevenninnen sin. Gratis råd om forhold var alltid velkommen.

Tross alt, hvis Lesley hadde rett, visste hun at Rob må ha planlagt noe spesielt for seg selv. Det var lett å gjøre noe spesielt for Lesley. Hun hadde mange ting hun likte, inkludert overraskelsesfester, fancy middager og selvfølgelig dyre smykker.

Jubileumsgaver var noe Rob aldri glemte. Hvert år sørget han for å gi henne noe veldig fint. Hvert år klarte hun alltid å toppe forrige års gave, og derfor måtte Lesley finne på noe helt spesielt.

Han gikk inn på badet og ringte ved hjelp av kortnummeret. Heldigvis hadde Marlene også fritid og de pratet kort før de kom rett på sak.

«Jeg tror du har rett,» sa Lesley mens han satt på badet med telefonen i hånden. "Noe romantisk er sannsynligvis den beste ideen."

"Nå får du det. Bra for deg."

"Problemet er at jeg ikke har noen ideer."

"Hva med sexy antrekk? Du vet, undertøy, gjennomsiktig bh og truser, den slags."

«Rob ville ikke like det», svarte Lesley. "Hver gang jeg kjøper noe sexy, vil hun at jeg skal ta det av så fort som mulig. Hun liker bare nakenhet."

"Hva med rollespill? Det er mange hete scenarier."

"For klissete."

"Oralsex?" spurte Marlene. "Hvor er du med det?"

— Det er ingen problemer der.

"Svelger du?"

«Det er praktisk talt en vane», svarte Lesley med et snev av forlegenhet. "Der ligger rubbet, det ser ut som vi har dekket alle basene."

"Hva med analsex?"

Spørsmålet stoppet Lesley i sporene hennes. Hun var lamslått et øyeblikk og i en tilstand av mild vantro. analsex? Var det virkelig svaret? Marlene var eksperten og hun tok det opp av en grunn.

"Det har vi aldri gjort," svarte Lesley.

Det må ha vært noe i Lesleys svar, for tonen i stemmen hennes fanget Marlenes oppmerksomhet.

Tross alt var Marlene en kvinne som spesialiserte seg på dating, forhold og sex. Hun gjorde en vellykket karriere ut av det, som ikke mange kan gjøre.

"Har du noen gang eksperimentert med anal før?" spurte Marlene i en suggestiv tone. "Jeg mener, uten Rob. Har du gjort det med tidligere partnere før?"

Som bestevenner har Lesley og Marlene diskutert sexlivet før, selvfølgelig, men aldri så detaljert. Detaljnivået begynte å gjøre Lesley ukomfortabel, men hun kunne ikke klage. Det var tross alt hun som spurte om de gratis rådene.

"Jeg har aldri hatt analsex før."

"Ikke en finger engang?"

"Jeg har hatt en finger," innrømmet Lesley. "Ingenting annet ."

"Virkelig når ?"

"En fyr jeg var sammen med på college?"

Marlene var fascinert. "Virkelig, college? Hvem var det? Mark? Dave?"

"Det er ikke viktig akkurat nå," svarte Lesley og ristet på hodet. "Det viktige er Rob og meg."

"Jeg tror vi har funnet svaret ditt."

"Analsex?"

"Ja."

"Sex på baken min?" Lesley spurte igjen om bekreftelse.

"Det er stort sett det samme."

"Og hvordan skal det fungere for jubileet vårt? Skal jeg åpne rumpa og fortelle ham at det er på tide å knulle?"

"Det er en god start."

«Jeg var sarkastisk,» sukket Lesley.

"Vel, det var en god idé, likevel."

"Jeg mener det seriøst, Marlene."

"Jeg også. Dette trenger ikke å være rakettvitenskap. Menn elsker sex. Noen ganger er det så enkelt. Ta på sexy undertøy, gi ham en varm blowjob og tilby ham din anale jomfrudom. Jeg garanterer at Rob vil bli forelsket alle sammen. om igjen." Helvete, han kan til og med gifte seg med deg igjen."

Lesley var stille et øyeblikk. Bestevennen hennes hadde rett, uansett hvor utuktig hun så ut til å være.

"Jeg skal tenke på det," sa Lesley.

"Det er noe du ikke har fortalt meg ennå."

"Hva er det?"

"Har Rob noen gang bedt om analsex?"

"Aldri," svarte Lesley.

"Tror du han vil ha det? Jeg mener, har han noen gang massert baken din? Smigrer han baken din? Stirrer han på baken din ?"

"Ja, til alle de ovennevnte. Tror du det er et tegn på at han i all hemmelighet ønsker å ha analsex med meg?"

"Kan være," sa Marlene. "Kanskje han vil ha det, men han er for sjenert til å be om det."

"Jeg vet ikke. Hvis Rob ønsket analsex, ville han ha bedt om det."

"Kanskje han ikke vil skremme deg. Eller han er redd du skal tro at han er en slags pervers."

Lesley nikket. "Kan være."

Nå det siste spørsmålet, som du heller ikke har nevnt.

"Hva er det?"

"Har du noen gang fantasert om analsex før?"

Gud, det var et godt spørsmål. En som Lesley visste svaret på umiddelbart, selv om hun var litt flau over å diskutere det, selv med sin beste venn av alle mennesker.

"Selvfølgelig gjør jeg det," innrømmet Lesley. "Ikke nylig. Men det har krysset meg. Jeg tror det har krysset hodet til alle jenter på et tidspunkt."

"Så hva har stoppet deg i alle disse årene?"

"Hva tror du?"

"Fortell meg."

«Det er ikke komplisert», svarte Lesley. "For å si det rett ut, pikk er store, rumper er små. I mitt tilfelle, bittesmå. Så enkelt er det. Det var derfor jeg tok skrittet fullt ut. Jeg er ikke gummi. Jeg er et menneske."

"Kjære, mange kvinner i disse dager har analsex. Og mange kvinner liker det, mye."

"Inkludert deg?"

"Definitivt meg".

Lesley smilte, "jeg antar."

"Fordi?"

"Du virker som den anale typen. No offence."

«No offense», svarte Marlene. "Smerten er verdt orgasmen."

"Føles det virkelig så bra?"

"Jeg kan fortelle deg det. Eller du kan oppleve det selv, på jubileet ditt med Rob."

Lesley stoppet et øyeblikk. "Hvordan skal jeg vite om dette er riktig for meg?"

Det er bare én måte å finne det ut på: spør ham.

KAPITTEL IV

Den kvelden. Med jubileet deres bare dager unna, gjorde Lesley alt hun kunne for å være den perfekte konen.

Hun hadde på seg en pen kjole, og hun lagde middag med en oppskrift hun hadde lært på nettet. Måltidet ble naturligvis ikke særlig godt, men han prøvde i det minste.

Etter å ha slappet av på sofaen foran TV-en, var det endelig tid for seng.

De kysset lidenskapelig og Lesley kneppet opp baksiden av kjolen hennes. Mens de forberedte seg på å elske, var temaet analsex konstant i tankene hennes. Det var alt han kunne tenke på mens de kysset.

Hun ville ikke ødelegge overraskelsen, men hun kunne heller ikke la være. Jeg måtte bare vite om Rob synes det er en god idé eller ikke. Det verste scenarioet ville være å tilby ham analsex på jubileumskvelden deres, bare for at han skulle bli opprørt. Da ville det vært for sent. Natten ville bli ødelagt.

Så nå måtte jeg spørre. Hun avsluttet kysset og så mannen sin rett inn i øynene.

"Jeg har tenkt," sa hun. "Vår femårsjubileum nærmer seg, som du sikkert allerede visste."

"Hvordan kunne jeg glemme?"

"Så hvorfor ikke gjøre noe spesielt?"

Rob smilte, "Noe du tenker på?"

Det var sannhetens øyeblikk, og hun prøvde å fremstå så selvsikker som mulig da hun kom med frieriet.

"Vil du prøve analsex på jubileumskvelden vår?"

Øynene hennes var festet på ektemannens ansikt og ventet på tegn til reaksjon slik at hun kunne analysere det. Jeg ville vite alle tankene hans og hans åpenhet for et nytt seksuelt eventyr.

Javisst nok, gjennom de subtile endringene i Robs ansikt virket det som om han var interessert i ideen, og Lesley følte en merkelig følelse av lettelse, som om hun hadde funnet den perfekte gaven til jubileet deres.

"Anal ikke sant? Det høres interessant ut. Har du gjort dette før?"

Hun ristet på hodet. "Nei, det har jeg aldri gjort".

"Har dette vært noe du har ønsket deg en stund?"

"Lang historie," svarte hun. "Men noe sånt."

Han fortsatte å smile: "Hvorfor vente? Du ser vakker ut i den røde kjolen og vi er begge i humør. Hvorfor gjør vi det ikke nå?"

"Nå?"

Shit, tenkte han.

Jeg var verken mentalt eller fysisk forberedt. Men hva er problemet? Hvis Marlene kunne gjøre det så enkelt, så kunne Lesley det også. Som Marlene hadde nevnt, gjør mange kvinner det i dag.

Det var på tide å slutte å være feig og til slutt miste sin anale jomfrudom.

"Jeg skal hente vaselin," sa han med en følelse av selvmotsighet .

"Er du sikker på at du vil gjøre dette? Du ser så ... rastløs ut."

"Jeg har det bra. Stol på meg, jeg har det bra."

Han gned seg på skuldrene. "Jeg er ok med, du vet, vanlig sex. Vi trenger ikke å gjøre dette hvis du ikke føler deg komfortabel."

Lesley gikk tilbake og slapp den røde kjolen sin på gulvet.

"Jeg mener det seriøst. Jeg har det bra."

Hun var nesten i robotmodus da hun tok en liten beholder med vaselin i nærheten og ga den til mannen sin. Så slapp hun trusa og lente seg over sengen.

Stemningen føltes plutselig kald og uromantisk, som om han var på et legekontor og forberedte seg på en prostataundersøkelse. Mens hun ventet i bøyd stilling, innså hun at mannen hennes må ha blitt lamslått av ubehaget og at hun hadde glemt å være forførende i deres første analeventyr.

Men det gjorde ikke noe lenger. Rob hadde glidemiddelet. Og den nakne bunnen hennes stakk ut, klar til å brukes.

Lyden av vaselinlokkets åpning gjorde henne mer nervøs enn hun forventet. Innerst inne kjente hun de samme nervene som da hun mistet jomfrudommen. Og på mange måter var det det samme. Hun var i ferd med å miste jomfrudommen igjen, bortsett fra at denne gangen var det jomfrudommen hennes.

Et sjokk rant nedover ryggraden hennes da hun kjente Robs vaselindekkede pekefinger presset inn i rumpa hennes.

"Åh!" gispet hun.

Robs finger beveget seg umiddelbart bort fra henne bak.

"Er du ok?"

"Jeg har det bra."

"Vil du gå videre?" spurte.

" Selvfølgelig".

Rob prøvde igjen, denne gangen litt mer forsiktig. Hun presset pekefingeren tilbake i buksen, og det var den mest ubehagelige seksuelle følelsen Lesley noen gang hadde følt.

Det var så unaturlig og ubehagelig å ha en smurt finger i bunnen. Verre, det føltes usexy.

Mens Rob dyttet fingeren helt inn, krøllet Lesleys tær seg av teppegulvet og kroppen hennes ble spent.

"Ta den ut," beordret han.

Rob trakk fingeren tilbake og ga kona et bekymret blikk mens hun rettet seg opp.

"Det var nok en dårlig idé," sa han.

"Nei, det er en grei idé. Jeg er bare ikke klar for det akkurat nå. Det er alt. Vi kan prøve igjen senere på jubileumskvelden."

Rob så forvirret ut. "Vil du prøve igjen?"

"Hvorfor liker du det ikke?"

"Jeg vet ikke. Vi har ikke engang. Men du så så ukomfortabel ut da fingeren min var oppe i baken din."

Av en eller annen grunn gjorde det bare Lesley mer bestemt på å ha analsex med mannen sin. Kanskje det var fordi det ville være første gang for dem begge. Det ville vært som å miste jomfrudommen sammen. Pikken hans i baken hennes. For en romantisk tanke, på en veldig merkelig måte.

«Da er det ordnet», smilte han. "Analsex på jubileumskvelden vår."

"Jeg mener det seriøst, Lesly, vi trenger ikke å gjøre dette."

"Og jeg er seriøs også. Vi gjør dette. Jeg trenger bare litt mer tid. I mellomtiden, la oss elske på riktig måte."

De klemte og kysset.

Lesley var skuffet over seg selv for ikke å kunne gå videre. Hun betraktet seg selv som en sterk kvinne med et profesjonelt kall som kunne overvinne enhver hindring, men anal? Det var noe utenfor hans rike.

Hun ville definitivt ikke stole på Rob heller, for det kunne være farlig. Det var ingen måte hun skulle stole på det sarte lille dritthullet sitt til en uerfaren mann med en semi-stor pikk . Det var uaktuelt.

Nei. Det han trengte var en ekspert. Noen som visste hva de skulle gjøre i en kritisk situasjon som denne.

Heldigvis visste jeg hvem jeg skulle ringe.

SEXY EKSPERT BESTE VENN

29

KAPITTEL V

Neste dag på kontoret ble Lesleys sinn oppslukt av sexlivet hennes. Alt jeg kunne tenke på var sex. Og om hun virkelig kunne gå gjennom å bli tatt i rumpa.

Mens hun satt ved skrivebordet, sendte hun en tekstmelding til sin seksuelt dyktige bestevenninne. Da Marlene var fri til å chatte på telefonen, dro Lesley til badet for et kort øyeblikk med privatliv.

Etter å ha ringt og satt seg på toalettsetet, røpet Lesley ut alle detaljene. Hun fortalte Marlene om den korte samtalen med Rob, legningen hans og fingeren han stakk opp i baken hennes. Han fortalte Marlene alle følelsene sine angående den personlige saken.

"Jeg skjønner ikke hvordan en normal kvinne kunne takle det?" lurte Lesley.

"Dette er 2022, kjære, mange kvinner liker det."

"Jeg er sikker på at det bare er for å glede gutten."

"Vent," sa Marlene. "La meg sende deg en link. Sjekk den ut og ring meg så."

"Er det porno?" spurte Lesley, kjent med sin beste venn.

"Det er det faktisk."

"Skal du sette et virus på telefonen min eller noe?"

"Tvilsomt. Jeg ser på den siden hele tiden på telefonen min, mens jeg skal jobbe, og telefonen min er i orden."

Lesley sukket, "Send den over."

"Ring meg når du er ferdig med å lete."

Lesley ventet på linken. Det var kjedelig og ensomt å sitte på badet og vente på en pornolenke. Det var en trist refleksjon over tilstanden til hans personlige liv.

Endelig kom tre lenker.

Lesley åpnet den første, som var en lenke til en pornoside. Videoen var et kort profesjonelt laget klipp som viser en kvinne som får anus knullet av en stor kuk. Han spole fremover og så bare hoveddelene.

Den andre videoen hadde samme innhold.

Den tredje videoen var veldig lik.

Hun følte seg litt flau når hun satt i baderomsboden, i kontorantrekket, så på porno på telefonen sin, når hun skulle jobbe. Hun pleide å klage når menn gjorde det, nå gjorde hun det samme. Han hadde i hvert fall en legitim grunn til det, mente han.

Etter å ha bladd gjennom disse pornoklippene, ringte han Marlene igjen.

"Det trodde du?" spurte Marlene mens hun svarte på anropet.

"Jeg mener normale kvinner. Dette er pornostjerner."

"Hva er forskjellen?"

"Pornostjerner er skuespillerinner," forklarte Lesley. "De er laget for sex. Det er alt de gjør. Og de kan bruke hele dagen på å komme i form og gjøre seg klar for sex. Jeg er en kontorarbeider. Det er annerledes."

"Ok. Vent litt. Ring meg om noen minutter. La meg vise deg noe annet først."

"Vent vent..."

Samtalen ble avsluttet og Lesley sukket. Han ventet tålmodig, til slutt kom to lenker fra Marlene.

Lesley klikket på den første. Det var fra samme pornoside, bortsett fra at denne gangen inneholdt det et normalt par i stedet for pornostjerner. Lesley så på mens en vanlig husmor mottok analsex på soverommet hennes fra en mann, antagelig mannen hennes.

Den neste videoen var lik. Den inneholdt en vanlig (litt nerdete) collegestudent som fikk en anal orgasme, takket være en fyr på universitetets fotballag.

Lesley var ikke fremmed for porno. Hun har sett softcore -materiale på kabel sammen med mannen sin. Fra tid til annen så de hardcore porno på forespørsel for å krydre sexlivet.

Men jeg hadde aldri sett amatørporno før. Det var rart å se "normale" folk knulle. Det var som å være en voyeur i sexlivet hans. Det var enda mer surrealistisk å se videoene av de "normale" kvinnene som hadde analsex og absolutt elsker det.

Lesley skjønte poenget med videoene og ringte vennen tilbake.

"Ok, jeg forstår det," sa Lesley. "Vanlige kvinner kan også gjøre det."

"Og du er en normal kvinne, ikke sant?"

"Sist gang jeg sjekket."

"Så hvorfor kan du ikke gjøre det?"

Lesley sukket: "Jeg aner ikke."

"Beklager å høres ut som en nedlatende tispe. Ærlig talt, på dette punktet har Rob sannsynligvis rett. Kanskje prøve noe annet? Spør ham om han har noen andre fetisjer. Det må være noe."

"Jeg vil heller holde meg til hele anale greia."

Marlenes følelse av forhold slo inn. "Virkelig. Hvorfor det? Nå begynner jeg å tro at en del av deg faktisk ser frem til dette, uansett hvor hardt du prøver å kjempe mot det."

"Jeg synes det er varmt. Jeg antar at Rob synes det er varmt også. Og ærlig talt, jeg er litt nysgjerrig. Jeg har alltid vært litt nysgjerrig. Det er den eneste delen av kroppen min jeg ikke har utforsket seksuelt. Så det ville være hyggelig å se hva oppstyret handler om."

"Det ser ut til at vi har et viktig oppdrag foran oss."

"Så du er villig til å hjelpe?"

"Selvfølgelig er jeg det," svarte Marlene. "Det er ingen måte jeg noen gang kommer til å savne dette."

"Noen ideer om hva jeg skal gjøre?"

"Egentlig har jeg mange ideer. Jeg har aldri fortalt deg dette, men jeg er også sexterapeut, i tillegg til parrådene jeg gir."

"Nå er ikke tiden for vitser."

"Jeg er veldig seriøs," sa Marlene med ubestridelig fasthet.

Det var nok til å overbevise Lesley. "Ok, så hvordan starter vi, forutsatt at jeg får bruke sextipsene dine gratis?"

"Min betaling er å se at du har en kraftig anal orgasme. Med andre ord, jeg må være der og delta, ok?"

"Vil du leke med rumpa mi?" spurte Lesley vantro.

"Eh he."

"Er dette en slags lesbisk ting? Eller er det utelukkende basert på våre år med vennskap?"

"Både."

Lesleys øyenbryn steg. "Ok, dette er ikke rart i det hele tatt."

"Dette handler om deg, ok? Vil du ha min hjelp eller ikke?"

Lesley trakk pusten. "Vil."

"Så la oss gå rett til poenget, skal vi?"

"Fint. Hvordan ville du vanligvis gått frem med dette? Jeg mener, hvis jeg var en klient, en fullstendig fremmed, hva ville du gjort med meg?"

«Det kommer an på hva du tillater,» svarte Marlene. "Kanskje jeg ville møte deg en på en for et lynkurs i anal. Eller kanskje jeg ville tatt en parøkt, hvor jeg ville hjelpe mannen din med å ta rumpa hans."

"Du, Rob og meg, samtidig? En trekant?"

"Det er et levedyktig alternativ."

"Fungerer det normalt?" spurte Lesley.

"Alltid. Men jeg vurderer nøye. Det må være den rette partneren. Bare folk som er seksuelt trygge på seg selv og forholdet sitt. Tross alt, som seksualterapeut og rådgiver er det siste jeg vil gjøre å drive en kile mellom ekteparet Sjalusi er en veldig farlig ting.

"Interessant."

"Noen tanker så langt?"

"Rob har alltid spøkt om å ha en trekant. Dessuten vet jeg at han synes du er veldig pen."

"Jeg lener meg mot trioen ut fra det jeg ser," sa Marlene spøkefullt.

"Noe som."

"Hvis det får deg til å føle deg noe bedre, er det teknisk sett ikke en trekant. Husk at jeg ville vært i en assistentrolle. Det betyr at jeg ville forberede rumpa for penetrering og Rob ville gjøre resten."

"Det høres faktisk ganske varmt ut."

"Å, det er det," svarte Marlene.

"Ville du virkelig gjøre noe med Rob?"

"Jeg vil ikke knulle ham, hvis det er det du er redd for."

"Så hva ?" spurte Lesley.

"Som jeg sa, jeg skal forberede rumpa din. Jeg smører deg og begynner med en lett strekk. Så, for å si det rett ut , vil Rob knulle deg rett etterpå."

"Høres ... vel ... eventyrlig."

"Det er det," erkjente Marlene. "Men det kan hende jeg må røre Rob litt, hvis jeg må. Jeg fører penisen hans inn i rumpa din for å være sikker på at den ikke er for smertefull. Anal penetrering krever en fullstendig erigert penis, så hvis den ikke er oppreist nok, kan jeg kanskje må stimulere det på en eller annen måte. Mest sannsynlig med munnen min."

"Så du skal gi mannen min en blow job?"

"Bare hvis det er nødvendig".

"Det er betryggende."

"Hei, du ringte meg. Ikke glem det. Jeg hjelper deg på den eneste måten jeg vet hvordan. Basert på min merittliste gjør jeg en ganske god jobb med dette."

Lesley sukket: "Tusen takk. Jeg mener det, du er best."

"Ikke takk meg ennå. Du kan takke meg etter din første anale orgasme."

"Det hele høres ut som den perfekte seksuelle opplevelsen for jubileet. Men jeg innrømmer at det er veldig skremmende."

"Det er det alltid. Og det er ikke for alle."

"Jeg vil gjerne prøve det," sa Lesley. "Jeg er interessert. Det er jeg virkelig."

"Du må være absolutt positiv, ellers kan vi ikke gå videre. Vennskapet vårt er for viktig. Jeg ville aldri ønsket å ødelegge ekteskapet ditt."

"Da må jeg spørre Rob og se hvordan han føler om det."

Marlene lo, "Hva skal Rob si? Nei? Selvfølgelig går det bra med dette. Han vil ikke knulle meg. Han knuller deg."

"Sant, men likevel , jeg bør ringe ham og høre hva han synes."

"Jeg har en bedre idé."

"Hvilken er det?"

"Jeg ringer Rob," sa Marlene. "Jeg skal ordne opp med ham, så blir det som en overraskelse for deg. Jeg vil ikke at du skal fortsette å stresse med dette. Den første regelen for analsex er å slappe av. Og det inkluderer mental avslapning." ."

"Det er fornuftig. Så, skal du ringe ham nå?"

"Ja, og jeg trenger en ting til fra deg."

"Hva er det?"

"Jeg trenger et bilde av det jeg jobber med," sa Marlene. "Send meg et bilde av din nakne bunn og et tydelig bilde av rumpa. Akkurat nå."

"Vil du at jeg skal begynne med sexting på jobb?"

"Det er ikke sexting," insisterte Marlene. "Det er forhåndsforberedelse for en viktig og sensitiv medisinsk prosedyre som involverer din ekteskapelige helse og seksuelle velvære."

"Marlene, det er sexting."

"Kall det hva du vil. Jeg trenger disse bildene for å finne ut hvordan jeg skal fortsette med analprosessen."

"Med andre ord, du vil vite hvor liten anus min er," forklarte Lesley spøkefullt.

"Nøyaktig."

"Bra," sukket Lesley. "Jeg sender den over om litt."

"Perfekt. I mellomtiden vil jeg ringe Rob for å finne ut detaljene. Jeg har en god følelse av dette."

"Jeg også. Dette er den desidert mest kinkyste, galeste tingen jeg noen gang har gjort, men av en eller annen grunn tror jeg det kommer til å fungere."

"Det er fordi jeg er en ekspert på dette," forsikret Marlene.

De to vennene sa sine avskjedsord og samtalen ble avsluttet.

Lesley reiste seg fra toalettsetet og tok en lang titt i speilet. Hun hadde aldri tatt nakenbilder før, men hvis det noen gang var en god grunn til det, så var dette det.

Hun tok av seg kontorskjørtet og trusene og la dem på en disk. Hun sto alene i sin knappebluse og sko. Hun var naken fra livet og ned. Mote sett, det var en veldig merkelig kombinasjon å se slik ut, spesielt på kontorbadet alle steder.

Etter å ha snudd seg, vendte baken hennes mot speilet, og hun rettet også telefonkameraet mot speilet. Hun tok et øyeblikksbilde av rumpens refleks, og det var offisielt det første nakenbildet hun noen gang hadde tatt.

Så kom det mest ubehagelige bildet. Han tenkte på hvordan han skulle ta et bilde av anusen og så kom han med løsningen. Han huket seg ned og la telefonen mellom bena, under kroppen. Når han var i riktig posisjon, tok han øyeblikksbildet.

Hun reiste seg og så på bildet av anusen hennes. Det var første gang hun så ham så tydelig. Han la merke til den lysebrune fargen, formen og linjene på anusen hennes. Han så definitivt liten ut, og å ta pikken til Rob kom til å bli en utfordring. Heldigvis visste Marlene hva hun skulle gjøre.

Lesley sendte de eksplisitte bildene til Marlene, og plutselig gikk situasjonen til et helt nytt nivå.

KAPITTEL VI

Den kvelden, mens Lesley og mannen hennes koset seg foran TV-en, var alt hun kunne tenke på den anale jævla hun snart ville få og hvordan Rob følte om det.

Selv med all action i spillet av Thrones , som er Robs favoritt-TV-program, Lesley spurte seg selv om de samme tingene. Spesielt siden verken Rob eller Marlene hadde nevnt noe. Lesley lurte på om Marlene hadde ringt Rob eller ikke. Det var bare én måte å finne ut av.

"Har Marlene ringt deg i dag?"

"Ja," sa Rob i en usedvanlig sjenert tone.

"OG?"

"Og jeg tror du er inne for en spesiell godbit," sa han med et lett smil, som han tydeligvis prøvde å holde tilbake.

Lesley var halvt sint over at hun ble forlatt i mørket angående resultatet av sin egen rumpe. Hun trengte svar, og det var tydelig at verken Rob eller Marlene ville gi dem.

"Kan du i det minste gi meg en forhåndsvisning? Hva kan jeg forvente?"

"Jeg lovet at jeg ikke skulle fortelle det."

"Er du helt sikker på det?" sa Lesley med en altfor forførende stemme, som om det ville fungere.

"Jeg er absolutt positiv."

Lesley laget en sexy stemme igjen. "Vær så snill, kjære? Jeg skal gjøre det med tungen min. Alt du trenger å gjøre er å gi meg et hint."

"Jeg kan vente," smilte han. "Bare stol på meg på dette. Marlene har noe spesielt i vente for oss."

"Tror du?" Lesley svarte med sin normale stemme.

"Jeg tror det. Han ga meg flere tips over telefonen. Og han fortalte meg hva han planlegger å gjøre med deg. Jeg tror ærlig talt at dette vil gi noe spesielt til sexlivet vårt. Noe vi aldri har gjort før."

Det var mildt sagt spennende. Innerst inne kom litt sjalusi inn.

"Skal du knulle henne også?" spurte Lesley i en myk feminin tone.

Han klappet henne på låret. "Selvfølgelig ikke. Ikke vær dum."

"Så hva er den store hemmeligheten?"

«Det finner du ut fort nok,» svarte han og pekte så på fjernsynet. "Du går glipp av de beste delene."

Med det vendte Rob oppmerksomheten tilbake til TV-en. I mellomtiden holdt Lesley sitt mentale fokus på at hun snart var sår i baken.

FØRSTE GANGER

41

KAPITTEL VII

Det var en lørdag morgen, noe som gjorde at ingen av dem måtte gå på jobb.

Lesley fulgte instruksjonene Marlene hadde sendt henne på e-post kvelden før. Instruksjonene handlet hovedsakelig om renslighet og skjønnhet.

Han tok en deilig lang såpedusj. Spesiell vekt ble lagt på rengjøring av anus og endetarm. Lesley fulgte de spesielle instruksjonene i dusjen. Faktisk gjorde hun det to ganger for å være sikker.

Etter dusjen satt Lesley foran sminkespeilet med et utvalg av skjønnhetsprodukter. Hun tok seg tid til å få seg selv til å se mer ettertraktet ut enn hun allerede var. Det var like stor vekt på håret hennes.

Da han var ferdig, var den profesjonelle kontormedarbeideren borte. Det var den nye Lesley, vennlig mot analsex. Og hun så like vakker ut som alltid.

Hun fullførte looken med en matchende hvit BH og truse, etterfulgt av en hvit negligé.

Alt han gjorde var i samsvar med Marlenes råd i e-posten.

Apropos det ringte det på døren. 10.00 akkurat i tide.

Lesley og Rob gikk sammen for å åpne inngangsdøren. Der var Marlene, den seksuelt opplyste relasjonsterapeuten, med en frekk frisyre og to handleposer.

Marlene plukket opp posene og smilte: "Er vi klare til å gå?"

Plutselig ble det som virket som en vanlig lørdag morgen starten på noe spesielt.

KAPITTEL VIII

Paret ventet spent på soverommet mens Marlene gjorde seg klar på badet. En av veskene som Marlene tok med var til det spesielle antrekket hennes. Hun kunne tross alt ikke gå ut offentlig kledd som om hun var klar for et analt møte.

Men det reiste spørsmålet, hva var i den andre posen? Det skulle de snart finne ut av.

Da baderomsdøren åpnet seg, ble både Lesley og Rob sjokkert over å se Marlenes forvandling.

Marlenes fritidsklær var borte. I stedet var hun barbeint i en rød negligé, lik den Lesley hadde på seg. Marlene gjorde også sin glam makeup og gjorde håret hennes også.

"Vi er klare?" spurte Marlene og la en lekent sexy positur.

Lesley var litt sjalu på bestevenninnens skjønnhetshemmeligheter og treningsrutine. Han skrev et mentalt notat for å spørre om råd senere.

"Klar som det kan være," sa Lesley.

Rob var enig.

"Det første trinnet er å være forberedt," sa Marlene. "Vi har allerede gjort det, tydeligvis, sammen med nødvendig rengjøring. Nå er neste trinn å gjøre deg komfortabel, og jeg skal slappe av."

Lesley kjente at fitten hennes trakk seg sammen.

"Jeg er klar."

Marlene så seg rundt på soverommet. Deretter la han et håndkle på ekteparets seng og spredte det pent utover.

"Før du legger deg på sengen," sa Marlene. "Du lurer sikkert på hva som er i den andre posen."

Lesley nikket. "Jeg har en ganske god idé."

"Det er analsettet vi skal bruke."

"Høres skremmende ut."

Marlene strakte seg inn i posen og dro frem en liten rosa dildo. " Ikke egentlig. Det er for det meste noen småting og mye glidemiddel. Nok til å gjøre deg klar for Robs penetrasjon etterpå."

— Jeg begynner å få sommerfugler i magen.

— Da må vi heller sette i gang.

Lesley og Rob ga hverandre en lang klem, etterfulgt av en rekke kyss på leppene. Det var nesten som å si «farvel». Men egentlig var det velkommen til noe nytt i forholdet deres.

"Ta av deg trusa," sa Marlene.

Lesley strakte seg ned og fjernet trusen og kastet dem. Hun var naken fra livet og ned, den tynne negligéen dekket buksen og fitten hennes, men det varte ikke lenge.

Han kom på senga akkurat slik Marlene hadde instruert. Med knærne på håndkleet og ansiktet limt til sengen. Rumpa hennes var oppe i luften, og hun var veldig klar over at rumpa og fitta var helt eksponert for bestevenninnen og mannen hennes.

Det var et vanskelig øyeblikk. På mange måter føltes Lesley som et besøk til legen. Bortsett fra i stedet for en typisk gynoeksamen, ville en dyp rævspanking snart være på sin plass. Men først skulle det være forspillet. Herregud, hva slags forspill? tenkte Lesley.

Et par hender gned opp Lesleys bunn. Ikke noen hånd. Milde kvinnelige hender. Den typen bare Marlene hadde.

Herregud, det begynner.

"Her kommer overraskelsen din," sa Marlene. "Jeg vet at du har plaget Rob med planene mine. Vel, her er det. Jeg tror en god kvinnelig rimming er den beste måten å stimulere analjomfruer på. Slapp av nå."

Å gud, et svart kyss. Fra Marlene?

Før Lesley rakk å si et ord kjente hun myke hender spredte baken videre. Hun visste at anusen hennes var vidåpen for ektemannen og Marlene å se.

Så kom tungen. Å gud, tungen. Den lille brune anusen hennes ble slikket av bestevennen hennes. Han slikket opp og ned. Slikket fra side til side. Han slikket i alle retninger. Så kom kyssene. Så slikker igjen. Så noen flere kyss på anusen hennes.

Å bli rimmet var aldri på Lesleys seksuelle ønskeliste, men hun var så glad for å føle det. Hvis hun hadde visst at det var så bra, ville hun ha bedt Rob om å gjøre det for mange år siden på bryllupsnatten.

Nå, her var hun, på kne, med ansiktet ned, mens bestevenninnen hennes slikket henne på rumpa. Han hadde alltid visst at Marlene var en veldig seksuell person og en ekspert på seksuelle spørsmål, men dette? Han kunne ikke vite at Marlene var en ekspert på å utføre oralsex på en kvinnes anus. Teknikken som Marlene gjorde var rett og slett for god til å være sann.

Så kom det siste rimstykket. Marlenes tunge kom inn. Å gud, han kom inn. Lesley kjente at anus sikle, spyttet rant nedover ryggen og inn i åpningen av endetarmen.

Det var litt kilende, men stort sett føltes det bra, stimulerende nerveender jeg ikke hadde visst eksisterte.

"Herregud," stønnet Lesley med ansiktet ned på sengen. "Den tungen din ... min Gud."

Marlene stoppet kort. "Det er derfor de betaler meg mye penger."

Og med det fortsatte Marlene med analslikkingen sin. Tungen hans slikket ringen av anus, fulgte inngangen til endetarmen, og stoppet så.

"Er du klar for neste fase av slikkingen din?" spurte Marlene og holdt fortsatt rumpa åpen.

"Det er mer?" spurte Lesley, fortsatt med ansiktet ned.

"Ja. Her kommer det. Slapp av nå, kjære."

Marlene sa noe til Rob, som var så kort og kort at Lesley ikke kunne høre det. Alt han hørte var lyden av stokking. Jeg kunne ikke se ham siden ansiktet hans var på sengen. Jada, hun kunne rett og slett ha snudd seg for å se på hva de gjorde, men hvorfor bry seg? Hun elsket overraskelser og en spesiell muntlig overraskelse ventet henne.

Det neste Lesley visste var at Rob spiste fitta hennes nedenfra . I mellomtiden gikk Marlene tilbake til rimmingsoppgavene sine.

Lesley opplevde et fullstendig oralt angrep på både fitta og anus, samtidig av menneskene hun elsket mest.

Øynene hennes utvidet seg og leppene hennes bøyde seg da hun ga fra seg et kort stønn. Det var dobbel muntlig nytelse. Rob sugde fitta hennes som aldri før. Marlene økte tempoet med analslikking.

Innerst inne forbannet Lesley seg selv for at hun ikke gjorde dette før. Å bra. Hun var en 33 år gammel jente, hun ville ha lang tid i livet til å fortsette å nyte dobbel oralsex.

Hun kjente et klimaks komme da Rob fokuserte tungen på kliten hennes. Det var akkurat slik Lesley likte å få opp fitta hennes. Start i midten, deretter orgasme med klitorisstimulering.

«Å, gud,» stønnet Lesley med ansiktet ned, øynene rullet tilbake. — Jeg tror jeg nærmer meg.

Marlene trakk tungen tilbake. "Jente, gå for det."

Med det fortsatte Rob å slikke klitoris raskere og Marlene utførte en oral virvelvind inne i virgin anus.

Lesley utløste en orgasme for historien.

Hun skrek høyt og kroppen spente seg. Takk Gud for at de nylig hadde kjøpt et hus, hvor de kunne ha litt anstendig privatliv. I den gamle leiligheten hennes ville et skrik som Lesleys helt sikkert ha trukket oppmerksomheten til naboene, og kanskje politiets oppmerksomhet.

Nå, i privatlivet til sitt eget hjem, var Lesley i stand til å gi slipp på alt. Fita og anus fikk kraftig oral stimulering, noe som resulterte i en kraftig våt orgasme.

Da han var ferdig, trakk Rob seg unna under fitta hennes og Marlene fjernet tungen hans.

Lesley kollapset på sengen, et bløtt vått rot, et smil etter orgasm på ansiktet hennes.

«Rob hadde rett når det gjaldt deg,» sa Marlene og beundret sin barbunnede bestevenninne. "Du er ganske dum."

"Shit..." stønnet hun.

"Jente, vi er bare halvveis nå. Nøkkelen til god analsex er smøring og opphisselse. Jeg vil si at du er overdreven slått på. Og du er veldig godt smurt med spyttet mitt. Men vi har fortsatt arbeid til gjøre."

"Fortsatt?" stammet hun.

"Ja, gå tilbake til posisjonen din din late tispe."

Marlene ga bestevenninnen sin et kraftig slag bakpå. Det var nok til å bringe Lesley tilbake på knærne med rumpa i været.

Mens tankene hennes fortsatt vaklet etter den intense orgasmen, ble ansiktet hennes presset mot lakenet og hun kjente at baken åpnet seg igjen. Denne gangen var hendene mye sterkere, noe som betydde at Rob var den som holdt Lesleys rumpa på vidt gap.

Noe som gjorde at Marlene hadde begge hendene fri.

Plutselig hørte Lesley den velkjente lyden av en glidemiddelflaske som ble åpnet.

Så kjente Lesley at den lille rosa dildoen ble presset inn i buksen hennes. Den var bare noen få centimeter lang, men den føltes enorm inni den lille baken hans. Den rosa dildoen ble skjøvet inn og ut.

De tok den av seg og etterlot en gjespende følelse på Lesleys bunn.

Så ble noe litt større presset mot hullet hans. Nok en dildo fra Marlenes veske. Han ble presset hardere og gikk inn i det jomfruelige hullet. Mens hun fortsatte å presse den, visste Lesley at denne leken var mye lengre (og tykkere), noe som ga den en mye mer strukket følelse.

Hun kjente at ringen i anus og endetarm ble presset til det ytterste. Så holdt den seg på plass, noe som ga røvhullet hennes tid til å venne seg til å ha noe så stort på rumpa.

Så ble den største dildoen fjernet, og etterlot en måpende følelse i det delikate røvhullet hennes.

Plutselig, i bakgrunnen, var det disse sugende/slurpende lydene. Det tok Lesley et sekund å innse at Marlene sannsynligvis sugde på Robs kuk, fikk ham hardt og smurt opp for analsex. Den tispa, tenkte Lesley.

Sugelydene stoppet.

«Gratulerer med dagen, jente,» sa Marlene med ertende stemme.

"Gratulerer med dagen, kjære," sa Rob.

Denne gangen følte Lesley noe annet presset mot rumpa hennes. Det var vanskelig, men hadde en myk følelse. Det var ingen tvil om det. Det var pikken til Rob. Mannen hennes var i ferd med å knulle henne i rumpa.

Hun strammet til lakenet og rustet seg til det som skulle komme.

Rob dyttet. Hanen hans gikk inn. Penetrasjonen var sakte og jevn. Han følte seg nesten som en ekspert som penetrerte henne, selv om hun ikke ville ha visst det, siden hun aldri hadde blitt knullet i rumpa før.

Så skjønte hun at det handlet om rådene som Marlene hadde gitt til Rob. Det er derfor Rob klarte å knulle rumpa hennes så lett. Og det var også takket være all analstimuleringen og orgasmen som Marlene hadde gitt meg.

Alt fungerte perfekt. Robs mellomstore kuk var i stand til å trenge gjennom endetarmen uten anstrengelse, selv om rumpa hennes føltes veldig full.

Til slutt var den helt inn og Rob lente seg inn i sin kones lille endetarm.

"Det stemmer, jente," sa Marlene, som beveget seg for å stryke Lesleys hår kjærlig. "Den vanskelige delen er over. Han er helt inne. Ha det gøy og nyt orgasmen som følger."

Bestiene holdt hverandre i hendene og så hverandre inn i øynene, mens Rob sakte trakk hanen bakover, og stakk deretter.

"Å..." gispet Lesley. "Gud..."

"Ro deg ned, jente. Du har det bra."

Den bankende kuken inne i rumpa hennes gjentok bevegelsen hennes. Rob rykket tilbake, og ga så et nytt dytt, denne gangen litt hardere, noe Marlene privat hadde bedt ham om å gjøre tidligere.

Flere dytt kom. For hvert støt sank kroppen til Lesley lenger ned i sengen. Ansiktet hans presset seg nærmere mot lakenet. Sengen gynget. Håret hans bølget fra side til side. De små brystene hennes svaiet.

Snart fant Lesley seg i å ta total juling. Sengen ristet og Lesley begynte å gråte.

«Det er greit, kjære» sa Marlene i en beroligende tone og tørket bort tårene. "Du har det så bra. Rumpa di er laget for dette. Du kommer til å bli avhengig av ræva når mannen din er ferdig."

Lesley lurte på hvordan det kunne være sant da rumpa hennes fortsatte å bli pløyd. Det gjorde vondt, men det føltes også godt. Det var som den perfekte kontrasten mellom smerte og nytelse. Hun ble strukket ut til å tro. Men også rektale nerveender ble stimulert på måter hun ikke hadde trodd var mulig.

"Herregud," ropte Lesley. "Røva mi!"

Tårene rant nedover Lesleys ansikt mens bankingen fortsatte. Hun kunne ha bedt om at det skulle stoppe. Jeg kunne ha bedt om at det skulle ta slutt. Men det gjorde han ikke. Han begav seg inn i nye territorier av kroppen hans. Han opplevde nye ting med sin seksualitet. Og hun elsket hvert sekund av det.

Det gjorde fortsatt vondt. Men det var en unektelig tilfredsstillelse i det. Marlene kjente gleden Lesley følte og ga Rob et lite nikk, som var hennes signal.

Plutselig begynte Rob å knulle i full fart. Lesley skrek høyt, tårene rant nedover ansiktet hennes, mens den sarte lille rumpa hennes ble pløyd med en kraft hun ikke visste hun kunne håndtere.

"Å gud!!!!" hun gråt for sin glede.

Så hun kom. Hun kom for andre gang den morgenen. Det var en annen orgasme enn før. Det var ikke glatt og behagelig.

Nei. Det var rått. Ren. Vill. Det var en orgasme som kom fra hennes primære begjær. Og det gjorde et stort rot over alt.

Gudskjelov hadde Marlene lagt det håndkleet på sengen.

Orgasmen var så intens at Lesley ikke skjønte at Rob allerede hadde ejakulert inne i endetarmen hennes, og oversvømmet det lille hullet hennes.

For andre gang den morgenen lå Lesley med ansiktet ned, kollapset på sengen med den nakne bunnen blottet.

Både Rob og Marlene beundret arbeidet hennes: en fortumlet Lesley, liggende tilbake i ren orgasmisk lykke, helt våt mellom bena hennes.

EPILOG

Da Lesley kom hjem fra jobb, med en liten handlepose i den ene hånden og en veske i den andre, var hun på topp.

Hun la vesken sin i nærheten av trappen og gikk bort til mannen sin på kjøkkenet, som også var i arbeidsklærne.

«Beklager, jeg er litt sent ute,» sa hun og kysset Rob på leppene mens hun fortsatt holdt den lille handleposen.

"Hva er dette?"

Hun smilte og holdt frem posen, "Dette...er en søt liten gave Marlene ga meg. Vi hadde kaffe for en stund siden."

Lesley trakk frem en liten flaske og slengte posen på kjøkkenbenken. Flasken var gjennomsiktig og inneholdt en gjennomsiktig flytende væske. Men det som skilte seg mest ut med flasken var at det tydelig sto at den kun var for anale formål.

Faktisk ble stoffet i flasken laget spesielt for analsex. Det var et nytt produkt laget for å gjøre analsex så mye enklere.

«Å herregud,» sa han med hevet øyenbryn.

"Pikken din. Rumpa mi. Akkurat nå."

Lesley ga flasken til mannen sin. Hun snudde seg og tok av seg trusa og kastet dem på gulvet. Hun spredte bena og lente seg inn og løftet baksiden av kontorskjørtet. Hun la deretter hendene på kjøkkenbenken mens rumpa pekte ut.

Mens Rob helte den nye flasken med glidemiddel i anusen hennes, så Lesley ut over hagen. Det var en vakker dag og solen gikk ned. Hun innså hvilken heldig kvinne hun var. Hun var gift med sitt livs kjærlighet og de hadde funnet en måte å ta sexlivet sitt til neste nivå. Hun hadde også den perfekte bestevennen, den som gjorde alt dette mulig.

Livet var bra.

Et enkelt dytt, og Robs kuk gikk inn i det lille røvhullet hennes. På dette tidspunktet hadde Lesley blitt vant til å ha ryggen strukket ut av kuken hans. Denne gangen virket det lettere. Marlene hadde rett, den nye flasken med glidemiddel var fantastisk, noe som betydde at det kom til å bli mye mer analsex i Lesleys fremtid.

SMALT RUMPEHULL

55

KAPITTEL I

Dicks kuk invaderte sakte Samanthas rynkete, smurte anus og kom deretter ut i samme hastighet. Den sensuelle scenen ble gjentatt flere ganger, og varmen fra den smale kanalen hennes fikk ham snart til å lengte etter mer. Han prøvde å ignorere mangelen på kontroll over den desperat sakte hastigheten, og konsentrerte seg om kona mens hun flyttet baken opp og ned langs hans lengde. Med håndleddene og anklene lenket til sengen hadde hun ikke noe annet valg enn å omfavne nyheten ved å bli brukt som sexleketøy.

Den uvanlige hendelsen begynte dagen før. Da han var på vei til jobb, ringte Dicks mobiltelefon nøyaktig klokken 7:10 om morgenen, som forventet. Selv uten å sjekke oppringer-ID, visste han at det var kona hans, som ringte hver morgen på samme tid.

Da han svarte på samtalen håndfritt, hilste Dick varmt på Samantha,

"Hei kjære."

"Hei! Savner du meg allerede?" Samanthas stemme var full av humor, siden de nettopp hadde skilt lag en time tidligere.

Dick fnyste,

"Selvfølgelig! Har du lest noen gode historier ennå?"

Under morgentreningsrutinen likte Samantha å lese historier på sin favoritt erotisk litteraturblogg. Hun valgte kategoriene 'Anal' og 'BDSM' og håpet å finne de nye oppdagelsene hver dag. Hvis en kilte ham, fortalte han Dick i detalj under sine separate turer til jobben.

"Jeg leste faktisk en veldig het 'Anal'-historie," sa hun vemodig. "En mann bandt kona sin som straff, og så ga han henne en skikkelig hard tur i rumpa. Det gjorde meg superkåt."

Dicks tone var myk, da han fanget hennes ikke så vage hint,

"Åh, virkelig".

"Du vet ... det er en stund siden vi har hatt tid til å spille noen kinky spill. Og ... vel ... jeg har vært en veldig slem jente i det siste. Jeg er ganske sikker på at jeg fortjener straff." Hun gjorde mitt beste for å høres angrende ut, og klarte å se smertefull ut.

Samantha elsket virkelig analsex, noe som var en velsignelse for Dick. Problemet var at hun skrek som en djevel under anale orgasmer. Med tenåringsbarna fortsatt hjemme, var sjansene deres for å frigjøre seg få og langt mellom.

Da han visste at kona hans var desperat etter kinky sex, tok Dick hennes ikke så subtile invitasjon med ro. Hun hadde rett; det var lenge siden de hadde hatt en vill natt. I sannhet var han overrasket over at det hadde tatt ham så lang tid å foreslå en hemmelig sexdate, og han var helt enig i retningen for samtalen deres.

Som svar på Samanthas åpenbare ønske gjorde Dick sin del. "Jeg skal bedømme om du virkelig fortjener en straff. Fortell meg nå hva du har gjort," sa han i en autoritativ tone.

"Vel, for det første, jeg kjører fort akkurat nå," Samantha visste at det var en svak innsats, men dette var bare den første banen.

Dick sukket skuffet, "Du har det travelt hver dag. Det er egentlig ikke verdig en straff."

"Åh", hun brydde seg ikke om feilen hennes, hun var klar for den andre banen. "Vel, jeg lånte 30 dollar fra lommeboken din før jeg dro på jobb."

Dick humret, "Ok ... ikke særlig overraskende. De fleste dager føler jeg meg som din personlige minibank. Er det alt?" spurte han og forventet mer av sin ressurssterke kone.

Etter å ha lagret det beste til sist, var Samantha sikker på at hun var på randen av suksess,

" Så det viser seg at Morrisons inviterte oss til middag fredag kveld, og jeg sa at vi gjerne ville være med."

Det var dødsstille i flere øyeblikk mens Dick behandlet de uønskede nyhetene. Hun visste godt at han ikke likte å tilbringe tid med Morrisons. Selv om kona var en kjær venn av Samantha, var mannen sosialt vanskelig.

"Lille en," sa Dick, etter å ha kremtet høyt, "du fortjener virkelig litt straff for dette. La meg se hva jeg kan gjøre for å få plass på timeplanen min i morgen ettermiddag."

Da Dick brukte sexlekenavnet sitt, strammet fitten til Samantha seg. Å være prisgitt mannen sin, mens han brukte kroppen hennes til glede, var det mest spennende. Heldigvis ville den være klar til middag neste dag, som var den perfekte tiden.

Samantha ble forvirret av suksessen og holdt knapt med gleden,

"Å gutt! Um, jeg mener ... å nei! Vel, jeg må godta den straffen du føler passer for forbrytelsen. Men baken min har følt seg veldig dårlig av å bli utelatt i det siste."

Opprørt over den kommende middagen med Morrisons bestemte Dick seg for å håne kona som delvis hevn.

«Kanskje din straff er å gi opp analt samleie», spøkte han med sin mer alvorlige stemme.

Forbløffet ble Samantha praktisk talt kvalt.

"Baby, straff må alltid inkludere anal!"

"Du er ikke i en posisjon til å stille krav, Lille." Dick opprettholdt plagene, et skjevt smil om munnen. "Jeg vil ta forespørselen din til vurdering, men ikke regn med å slippe unna med det. Dette var en ganske alvorlig overtredelse. Jeg begynner på jobb nå. Vi kan snakke mer senere."

Motløs svarte Samantha:

"Jeg elsker deg".

«Jeg elsker deg også,» la Dick på, fornøyd med seg selv for å ha gitt kona en.

I bilen hennes ble Samantha forferdet over hendelsesforløpet. Hennes smarte plan om å indusere en grov analøkt hadde plutselig sporet av.

Sikkert, Dick må vite hvor mye han ønsket en kinky hard ass-økt!

Forutsatt at hun kunne overbevise ham om å adlyde, utviklet Samantha raskt en plan for å gi ham noen Margaritas. Det var ingen måte han kunne motstå lokket til hennes ivrige rumpa med et kraftig tequilaslag på kroppen, og hun visste stedet som ville passe hennes behov.

KAPITTEL II

Dagen etter befant Samantha og Dick seg hjemme rett før lunsj. Da hun foreslo en snartur til den meksikanske favorittrestauranten hennes, takket han ja. Ikke bare var drinkene sterke, maten var utmerket, og viktigst av alt, servicen var rask.

Som vanlig ba de om en bortgjemt stand. Etter å ha satt seg ned dukket to av dine favoritt Margaritas magisk opp på bordet og matbestillingen ble raskt tatt hånd om. Med forkjøringene ute av veien nippet de til og slappet av.

Samantha, en veldig direkte person, hadde ingen betenkeligheter med å snakke ærlig. I håp om at Dick hadde glemt sin absurde idé om å holde tilbake analsex, bestemte han seg for å prøve lykken.

"Hei baby, jeg er ganske kåt. Vi kommer til å bli gale i kveld," sa hun, mens hun ga ham et suggestivt blunk.

Dick humret og gjettet at Samantha var bekymret for trusselen hans om å unngå anallek. Selv om han hadde alle intensjon om å bore rumpa hennes lenge og hardt, tenkte han at det ville være morsomt å fortsette rusen.

Han løftet et øyenbryn og holdt poker med ansiktet opp, og sa: "I dag skal vi holde det lavmælt. Tross alt, lille en, du fortjener straff."

" Haha , veldig morsomt. Vær seriøs og slutt å tulle," sa hun og prøvde å maskere sin åpenbare bekymring.

Selv om han normalt var en forferdelig skuespiller, følte Dick seg trygg på opptredenen sin. Samantha svirret oppriktig foran øynene hennes , og det var ganske underholdende.

Han bøyde seg ned og sa strengt:

"Gjør ingen feil, min avgjørelse er tatt."

"Men kjære, liker du ikke å knulle rumpa mi mens jeg er bundet til sengen? Du kan legge meg på knærne, med rumpa løftet og gjøre hva du vil med meg." Hun prøvde å friste ham ved å male et erotisk bilde. "Se for deg den harde kuken din synker ned i det lille hullet mitt ... forestill deg at jeg skriker når du får meg til å komme ... tenk på rumpa min som klemmer seg mens hanen din tømmer lasten i meg! Kom igjen, jeg trenger at du leverer meg en god mengde av sperm ved bakdøren min! Vær så snill ...!"

Alltid imponert over Samanthas anale entusiasme, stivnet Dicks kuk umiddelbart. Å ja, jeg planla å gjøre alt det og mer. Men for øyeblikket nøt han charaden.

"Jeg har tatt min avgjørelse. Anal, bondage og straff er utelukket i dag," sa han, og klarte å høres uinteressert ut.

Å se Samanthas ansikt flimre i frustrasjon var utrolig morsomt for Dick. Han forventet at hun skulle endre strategien sin og ble ikke skuffet.

Samantha beveget seg raskt og prøvde å skylde på ham.

"Men baby, du er den som hektet meg på anal! Hvis du tenker på det, er dette virkelig din feil. Du skylder meg en god rumpa!"

Det var en viss sannhet i uttalelsen hans. Det hadde tatt Dick over tjue år å overbevise Samantha om at analsex var verdt et forsøk. Så snart hun innså at anale orgasmer var ekte og konkurrerte med vaginalvariasjonen, var det ingen som stoppet henne. På en måte var han ansvarlig for å skape dette anale monsteret.

Dick var interessert i å se hvor han kunne gå videre, og fortsatte å trekke i lenken sin: "Misjonærstilling og vaginal penetrasjon vil gjøre det for i dag, lille."

Samanthas ansikt vridd seg i vantro. Den slags sex var greit for ukekvelder, da de måtte være stille fordi barna var hjemme. Men denne onde muligheten var for verdifull til å kaste bort!

Samantha var fast bestemt på å prøve smiger, og gikk ikke glipp av et slag.

"Ok, hør. Jeg skal være helt ærlig. Hvis du ikke var så flink til å slå meg, ville jeg ikke engang ønsket å ha analsex. Ferdigheter som dine burde ikke være bortkastet."

Dicks svar var enkelt:

"Godt forsøk".

"Baby vær så snill, bind meg og knull rumpa mi! Det er for lenge siden vi har spilt og jeg trenger det virkelig," klaget han, som en siste utvei.

Dick ristet på hodet og tenkte på å sympatisere med henne. Hvis han tilsto for henne at det var en spøk på hennes bekostning, ville hun roe seg ned. På vei til å snakke kjente hun plutselig hans bare fot rett på skrittet hennes. Med tærne strøk hun forsiktig den steinharde ereksjonen hans under bordet mens hun smilte til seier.

"Du fortsetter å si 'nei', men pikken din sier 'helvete'. Har jeg rett?" Hvisket Samantha, øynene hennes strålte av glede.

Plutselig, uten å gi opp, trakk Dick flere dype åndedrag og prøvde å fokusere på lite attraktive tanker. Å forestille seg middag på Morrisons førte ham ut av avgrunnen.

Han snakket sakte og lavt og svarte:

"Mine regler i dag er opprettholdt."

Samantha trakk på skuldrene og sukket,

"Ok, du vinner, baby. La oss nyte lunsj og dra hjem. Helvete, kanskje vi bare skal slappe av. Du virker litt anspent."

Bestillingene deres kom inn og paret fikk dem raskt til å spise, mens de diskuterte andre saker. Dick ble overrasket over at Samantha klarte å legge samtalen bak seg, siden hun ikke likte å tape.

I bakhodet følte Samantha seg rettferdiggjort av forberedelsene som ble gjort tidligere på dagen. Dick hadde valgt å leke med ilden , og han ville snart brenne. Hun var fullt forberedt på å handle og ta kuken hans opp i rumpa hennes.

KAPITTEL III

Da de kom hjem gikk paret rett opp på soverommet sitt. Dick satt på hjørnet av sengen mens Samantha sakte skrellet av seg jeansen og den hvite skjorten med knapper. Vel vitende om at han likte en god striptease, passet han på å overdrive bevegelsene sine. Da hun skulle fjerne den svarte blonde-BH-en og den matchende stringtrosa, gikk hun bort til mannen sin og tok av seg undertøyet foran ham.

Samantha stod naken foran ham, og så ærlig på Dick og spurte:

"Kjære, kan jeg gi deg en massasje? Du fortjener en for å være så tålmodig med mine krumspring."

Selv om Dick var klar til å slå sin kones rumpe meningsløst, rørte Samanthas gjennomtenkte forslag ham. Hennes massasjer var ganske greie og tidkrevende.

"Det er en god deal, Lille. Kom igjen. Men først, kle av meg."

Samantha rødmet søtt og svarte:

"Med glede".

Siden Dick hadde forlatt jakken og slipset nede, tok det ikke lang tid. Hun klatret opp på sengen og huket seg rett bak ham, og la knærne på hver side av kroppen hans. Hun nådde brystet hans, kneppet opp skjorten hans og tok den av. Den enkle hvite T-skjorten hans fulgte etter.

«Reist deg og snu deg,» hvisket hun forførende.

Dick fulgte instruksjonene hennes som satte bekkenet hans rett foran ansiktet hennes. Mens hun så ham inn i øynene, løsnet Samantha beltet hans, åpnet glidelåsen i buksene og åpnet glidelåsen. Hun trakk ned buksene og undertøyet hans, og etterlot ham naken og halvoppreist.

"Nå, len deg tilbake og la fingrene mine gjøre jobben sin," sa hun mens hun banket på sengen.

Glad for å etterkomme, strakte Dick seg ut midt på sengen, med ansiktet ned. Etter å ha gått over ham, satt Samantha midt på ryggen hans.

Hun begynte ved skuldrene hans og snakket med bekymring:

"Å baby, armene dine føles så stramme! Legg dem over hodet så jeg kan trene alle muskelgruppene dine."

Dick ble veldig distrahert av den våte flekken som dannet seg på ryggen hans under Samanthas fitte, men han klarte å registrere forespørselen hans. Han strakte armene mot putene og var vagt klar over at Samantha gled fremover, til hun var mellom skulderbladene hans. Etter å ha lent seg over sengekanten, så det ut til at hun tok tak i noe. Så, raskt som lynet, kjente han kaldt stål rundt håndleddene og hørte det tydelige klikket fra håndjernene.

Dicks hode knakk bakover da han trakk i hendene og fant dem begrenset. Virkeligheten rammet hardt; hans slanke kone hadde nettopp droppet ham, ikke småting siden han veide mye mer. Umiddelbart etterpå gled den smidige djevelen ut av kroppen og satte seg ved siden av ham.

Selv om han var motvillig til å se på kona, som sikkert var stolt av vitsen, snudde Dick hodet til siden. Det som umiddelbart fanget oppmerksomheten hans var den glatte fitten som var utstilt mellom de vidt spredte lårene hennes. Han stønnet og følte seg dum for å bli tatt med ansiktet ned.

"Ha! Jeg har jukset deg totalt!" skrek hun.

Dick visste at hun ikke ville være fornøyd med dette, ettersom Samantha var tilbøyelig til å glede seg. Han var generelt rolig og ble fristet til å være med i hennes glede, men bestemte seg for å gjøre status over situasjonen.

«Fint trekk, Lillemann,» innrømmet han, alltid høflig. " Så hva skjer videre?"

Samantha var ikke ferdig med å skrike:

"Hellige guacamole! Jeg fanget deg faktisk ! Jeg skulle ønske du hadde sett ansiktsuttrykket ditt! Ganske et dikt!"

"Ja, du tok meg seriøst. Så hva er slutten på spillet ditt?"

Hun ler av det ufrivillige ordspillet hans, svarte hun.

"Det er mer som mitt 'rumpe'-spill!"

Hun trakk flere dype åndedrag og roet seg ned. Pleasing Dick var definitivt en del av planen og hun ønsket å berolige ham.

"Ok, ok! Ugh! Dette er alternativene dine. Jeg fester håndjernene til et lite kjedestykke som er festet til sengestolpen. Det lar deg rulle på ryggen. Hvis du velger den veien, skal jeg ta på deg kuken din for å bruke den godt. Men du vil være helt prisgitt min nåde for en forandring. Eller ... jeg kan bli her og leke med meg mens du sover. Det er helt opp til deg, kjære."

Dick bestemte seg umiddelbart, men gjorde et show med å reflektere over det,

"La oss se, jeg kan la deg bruke pikken min, eller ligge her som en bunt å snorke. Jeg går for alternativ nummer én."

Samantha klappet som en liten jente og var henrykt. Mens hun foretrakk en underdanig rolle under kinky spill, trykket Dick på en tidligere ukjent hot-knapp ved å true med å nekte henne analsex. Han kunne ikke klandre andre enn seg selv for hennes ekstreme tiltak.

"Utmerket!" utbrøt hun. "Snu deg nå og hold bena fra hverandre. Jeg må lenke anklene dine."

Lent seg på den ene albuen snudde Dick kroppen slik Samantha instruerte. Hun hoppet ut av sengen og dro ut noen metallankler som hun må ha gjemt under madrassen tidligere samme dag.

Da alle Dicks lemmer var behersket, studerte Samantha stolt arbeidet hennes. Med blikket festet på ektemannens ansikt kysset hun ømt pannen hans.

"Ikke bekymre deg, baby. Jeg skal være mild," hvisket hun rett inn i øret hans.

Dick, en stille fyr, lo av den lille luringen:

"Vel, lille, det ser ut til at du har meg akkurat der du ville ha meg."

"Vel, jeg har deg. Takk for at du la merke til det," lo hun mens hun satte kursen mot døren. " Nå , bli fortsatt , og jeg kommer straks tilbake."

Å være begrenset var en ny opplevelse for Dick. Paret hadde vært involvert i slaveri fra begynnelsen av forholdet, og i løpet av de tre tiårene de hadde sammen, hadde Samantha tilbrakt utallige timer med håndjern, lenket og til og med på en stokk. Hun hadde aldri uttrykt interesse for å snu på flisen før, så dette var en uventet vending.

Dick var imponert over at Samantha utnyttet sin store erfaring til å binde ham til sengen. Ved å teste sin mobilitet var han virkelig stolt over at hun hadde klart å sikre ham uten å påføre ham smerte.

Håndjernene var ikke for stramme på håndleddene/anklene, og lemmene hans var heller ikke strukket til ubehag. Alt i alt var det et ganske vellykket forsøk.

Oppmerksomheten hans skiftet etter å ha lagt merke til at Samantha hadde kommet tilbake og sto midt i rommet.

Å si at hun hadde kledd seg for anledningen ville vært en underdrivelse.

KAPITTEL IV

"Du liker det du ser?" Samanthas øyne glitret rampete mens hun modellerte for ham i sitt nye antrekk.

Vanligvis foretrakk hun mykt, feminint undertøy, men i ettermiddag hadde hun gått i en ny retning. Et stroppeløst svart skinnkorsett ga henne utseendet til en kvinne med kontroll. Allerede liten fremhevet den den lille midjen hennes enda mer, samtidig som den klarte å få de små brystene til å virke større. Hun valgte å gå uten truser , og la det hårløse kjønnet sitt eksponert for seergleden. Litt lavere, til låret, omfavnet blanke svarte strømper de tonede bena hennes. Da hun fullførte det erotiske ensemblet, bar hun strenge svarte stiletter.

Dicks kjeve hang åpen og stirret overrasket over utseendet til kona hans, kledd i et så vågalt antrekk.

"Shit! Du ser SÅ varm ut, Lille!"

Hun trakk seg bort fra ham, vippet hoftene til siden og klappet seg på bunnen. Med hanen nå formet til en full mast, slet han en kort stund med å reise seg før han husket at han var bundet til sengen.

«Lille, la meg reise meg, så skal jeg gi rumpa den vanskeligste turen i livet ditt,» sa han og prøvde å forhandle.

Samantha ristet på hodet mens hun lo,

" Å, jeg kommer til å ha en tøff tur, ikke bekymre deg. Du hadde sjansen din og du blåste den. Jeg planlegger å ta det jeg vil på egen hånd."

"Kom igjen! Jeg tullet bare med å holde tilbake analsex. La oss bytte plass," tryglet han.

Samantha trakk på skuldrene og svarte:

"Du traff feil tast, baby. Det som er gjort er gjort. Hvis du insisterer på å snakke, vil det få konsekvenser."

" Men, " begynte han.

"Akkurat! Men ..." svarte hun og la anførselstegn med fingrene. "Det er navnet på dette spillet. Nå advarte jeg deg om å holde kjeft og være ulydig."

Samantha berørte siden av munnen med pekefingeren og smalt øynene i falsk konsentrasjon.

"La oss se, hvordan skal jeg takle din ulydighet? Hei, jeg har en idé," sa han og viftet alvorlig med hendene. "I stedet for å sprute, bør du bruke munnen til å glede meg!"

Da han følte at spillet var godt i gang, var Dick ikke sikker på om han skulle svare verbalt. Klokt valgte han å nikke samtykkende. Samanthas opprørende antrekk og obskøne oppførsel fikk ham til å lengte etter enhver form for kontakt med kroppen hennes.

"Ah, jeg ser at du lærer raskt," sa hun. "La oss sette munnen på jobb. Jeg vil at du skal slikke det slemme hullet mitt, som en god gutt."

Nok en gang nikket Dick ettertrykkelig, glad for å være enig. Å tillate Samantha dette "rollevending"-øyeblikket virket helt riktig under omstendighetene, og han var glad for å følge henne på reisen.

For ikke å dytte mannen sin, krøp Samantha tilbake på sengen. Hun gikk over ham i nakken hans og knelte ned , og plasserte ryggen rett over ansiktet hans. Alltid ertende snudde hun bekkenet mens hun gned hendene langs de glatte buene på baken.

"Gi meg nå litt glede ... i baken min," sa hun med autoritet.

Samantha kjente at Dicks kropp ristet av latteren han kjempet for å undertrykke. Å kysse kona var egentlig ikke en straff, og det var opphissende å se henne bli kåt mens han slikket rumpa hennes. Følgelig var han mer enn glad for å glede henne.

Samantha smilte, lente seg ned og så mellom bena hennes,

"Jeg gir deg tilgang til et veldig spesielt sted, baby."

Som om hun avslørte en verdifull gave, flyttet hun hendene til midten av den tonede rumpa og delte den kremhvite baken. Der, for Dicks seerglede, var hennes delikate stjerne. I dagens lys kunne han lett sette pris på hver og en av foldene som utgjorde hennes navnløse inngang. Litt mørkere enn resten av huden, ga tonen henne et nesten eksotisk utseende. Totalt sett var det et veldig attraktivt mål, og han ble aldri lei av å treffe det.

Ved å feiltolke pausen sa Samantha oppmuntrende ord:

"Kom igjen, baby. Du vet hva du skal gjøre. Legg munnen din på rumpa mi."

Med glede satte Dick leppene sammen og presset dem mot Samanthas anus, som nå skalv av forventning. Kjærlig nappet han, sugde og kysset henne rundt i den lille sirkelen, og fremkalte myke stønn fra kona. Han var ingen amatør, han visste nøyaktig hvordan han skulle håndtere den rynkete huden rundt bakdøren hennes.

Samantha var evig i ærefrykt for gleden hun opplevde under anal stimulering. I tankene hennes beviste det at analsex var en naturlig seksuell handling, at den ikke fortjente sin tabustatus. Snart fikk den utsøkte følelsen av munnen hans som smeltet mot åpningen hennes henne i balanse og lengtet etter mer.

"Baby ... vær så snill! Skyv tungen din opp i rumpa mi og få meg til å komme." stønnet hun.

Hun trengte ikke å si det to ganger. Dick var en ekstremt sjenerøs elsker, og han håpet å presse henne til det ytterste. Han stakk ut tungen og stivnet den så mye han kunne, før han på passende måte invaderte hullet frekt tilbød kona.

For å hjelpe senket Samantha sakte kroppen til tungen hennes så vidt kikket gjennom den stramme inngangen til fornøyelsesstedet hennes. Den brennende varmen innenfor den følsomme kanten hennes påvirket henne så dypt at den et øyeblikk stjal pusten hennes. Etter en full penetrasjon begynte Samantha sin siste nedstigning på munnen hans.

"Fan baby. Det føles så bra! Ååååh !" Samantha begynte å flytte rumpa hennes på den nådeløse tungen.

Dick tok opp de åpenbare signalene hennes og gikk etter smak. Sakte men sikkert oppnådde tungen maksimal intim kontakt. Som vanlig aksepterte hennes ytre lukkemuskel hans inntrengning etter litt innledende motstand. Vel forbi den barrieren, presset han seg frem, dypt nok til å krysse hennes mest ufleksible indre lukkemuskel.

" Aaahhhh ! Baby! Vær så snill! Få meg til å komme!"

Selv om den var betydelig mindre enn pikken hans, kompenserte Dicks tunge for størrelsesavviket med hans fingerferdighet. Han vekslet mellom å rulle med tungen og dytte inn og ut av hennes mest private sted. Han var glad for å dekke behovet hennes uten hastverk. Å dømme ut fra mengden fittejuice som samlet seg på haken hans, visste han at hun snart ville klimaks.

Da Dick drev magien sin på baken hennes, var Samantha utenom seg selv. Hun hadde ventet, med en viss utålmodighet, på dette øyeblikket hele dagen. Å kjenne hans sensuelle lepper og talentfulle tunge på hennes intime område sendte en bølge av lettelse gjennom kroppen hennes. Samtidig var den seksuelle spenningen som hadde bygget seg opp på randen av å eksplodere. Det var en interessant kontrast som hun likte.

Etter å ha brukt flere minutter på å passe på Samanthas kjødelige drifter, kjente Dick at holdningen hennes endret seg. Hun bøyde ryggen og begynte å sakte bevege seg opp og ned over ansiktet hans, mens hun fortsatt holdt baken åpen for tungen hans. Hun var nær ved å komme, og han forberedte seg på det som skulle komme.

Plutselig stivnet hun. I et desperat forsøk på å finne støtte, flyttet hun hendene mot brystet hans, og lot ansiktet hans ligge mellom de heldigvis små bakene hennes. Klarte knapt å puste, presset han tappert på.

Tiden så ut til å stoppe da Samantha suste utfor den orgastiske klippen. Det som startet som en liten gnist i midten av anusen hennes spredte seg snart som vill ild gjennom hele kroppen hennes. I det brøkdelen av sekundet begynte hver muskel i bekkenet hennes å trekke seg sammen og slappe av rytmisk mens den velsignede frigjøringen krevde henne.

" Åååhh gud!" Hun hylte på toppen av lungene, hodet kastet bakover i ekstase.

Etter flere sekunder ble Samantha halt og falt fremover på Dicks mage, og trakk rumpa ut av ansiktet hans. Mumlende virket hun et øyeblikk usammenhengende, men klarte å bevege seg og holde seg ved siden av ham med hodet hvilende på brystet hans. Hun strøk ham og spinnet som en fornøyd sexkattunge.

Susan, allerede mer avslappet, mumlet til slutt:

"Baby, det føltes fantastisk. Du kan snakke nå, hvis du vil.

"Nei. Jeg har det bra," var hans arrogante svar.

Hun så på ansiktet hans og smilte,

"Virkelig? Er det ingenting du vil si?"

Hans eneste svar var å riste på hodet med et forvirret uttrykk. Noen ganger var ordene bare ikke nødvendige.

Samantha godtok Dicks løfte om taushet, og Samanthas fokus endret seg brått da hun la merke til hanen hans svingte stolt mellom lårene hennes. Elegant dekket med en dråpe precum, kalte den henne på et seksuelt nivå. Selv om hun var utslitt av kraften fra hennes siste klimaks, trengte hun kuken hans i rumpa og hun ville nøye seg med intet mindre. Ansporet av hennes ubestridelige begjær, strakte hun ut hånden og grep hans bankende manndom med begge hender.

«Hmmm, du snakker snart,» svarte hun selvsikkert mens hun strøk hanen hans og fylte den med spytt.

Generelt var ikke Samantha en fan av å være på topp og foretrakk å absorbere kraften til Dicks mannlige kraft under samleie. Hun innså at dette var hennes dominerende øyeblikk for å skinne, og bestemte seg for posisjonen som ville gi Dick den beste utsikten. Etter å ha tatt av seg skoene, gled hun frem og satt på huk og stirret på føttene hans. Balanserende på knærne hennes svevde rumpa hennes fristende over ereksjonen hans.

Samantha trengte ekte anal tilfredsstillelse, og nå var tiden kommet.

"Gjør deg klar, baby. Jeg skal voldta kuken din med rumpa mi," hvisket hun med en stemme preget av lyst.

Hun nådde bak henne, grep hanen hans med høyre hånd og brukte den andre til å trekke venstre rumpe til siden. Med presisjon rettet hun manndommen hans mot det sultne hullet hennes og gned hodet hans ved inngangen hennes. Kombinasjonen av precum og spyttet hennes var et effektivt smøremiddel , og hun visste av erfaring at det ville være nok til å lette passasjen hennes.

Dick kjente klemmen hans da hanen stakk ut. Forsiktig fortsatte hun med å montere den til hun satt helt på plass ved den bakre inngangen. Selv om det var langt fra hans første anale opplevelse, satte Dick fortsatt pris på den ekstraordinære utsikten til Samanthas rumpa, da den pakket hanen hans. Han ble aldri lei av det kraftige bildet, han ønsket bare at hun kunne oppnå hans synspunkt.

Han klamret seg tett til det varme kjøttet hennes og lengtet etter den søte friksjonen som kom av å gå vilt inn og ut av den trange kanalen. Men foreløpig nøyde han seg med å la Samantha kjøre og vente.

Etter å ha stønnet gjennom hele innsettings- og tilpasningsperioden, snakket Samantha til slutt med stor stolthet:

"Baby se! Jeg dyttet deg dypt inn i rumpa mi, alene!"

Tilstedeværelsen av Dicks tykke medlem på rumpa satte alltid Samantha i bane, siden strekningen av det følsomme vevet hennes var nesten nok til å indusere en orgasme. Men å være på kanten av Nirvana var ikke like bra som å komme dit. Det var fortsatt arbeid å gjøre. Hun la begge hendene på lårene hans og bøyde ryggen, og forberedte seg på siste runde.

Hun begynte å stige og falle på hans harde lengde med besluttsomhet. Til å begynne med var det med vilje, mens man prøvde å justere i et rimelig tempo. Hun prøvde å øke farten og fant ut at det var litt av en utfordring uten Dicks hjelp. Graceously klarte hun å bytte til sin følelse uten å løsne kuken hans. Men det ble snart klart at hennes lille vekst gjorde det umulig å oppnå den straffesatsen hun så ønsket.

Etter flere minutter med Samanthas innsats ble Dicks desperasjon uutholdelig. Selv om han likte denne forretten, var hanen glupsk etter hovedretten. Likevel holdt han tilbake og ventet på at hun skulle overlevere vitnet til ham.

"Baby, jeg ... dette ... er ... vanskelig," innrømmet hun til slutt, ute av stand til å komme videre med sin egen rumpa.

Dick var mer enn klar til å gjenta posisjonen som dominerende stat. Under Samanthas neste senking, beveget han uventet hoftene. Følgelig falt Samantha bakover mens han fortsatt ble spiddet på hanen. Da hun landet med ryggen mot brystet hans, prøvde hun og klarte ikke å rette seg opp. Dick ventet mens hun beveget seg i noen sekunder, og passet på at hun var stabil i posisjon.

«Fortell meg nå, Lille, hvem som har ansvaret,» hvisket han.

Lettet over hjelpen var Samanthas forespørsel enkel:

"For Guds kjærlighet, bare skjær meg ut, baby."

Dick slapp til slutt den trengende rumpa hennes da han var fornøyd med stillingen hennes. Han hoppet som en bronco og slo henne hardt nedenfra da hun holdt bekkenet hennes litt over hans. Hennes skrik, stønn og bønn om "MER" var som musikk i ørene hans. Kona hans elsket virkelig analsex ... det var han sikker på.

Nå som Dick ga henne det hun sårt trengte, var Samantha i himmelen. Til tross for deres relative posisjoner, lot hun ham gjerne gjøre krav på kroppen hennes, og gjorde den til sin egen. Hanen hans var stor og mektig og påvirket henne på en måte som tungen hans ikke klarte, og dypet som han sank til innerveggene hennes forberedte henne snart på et nytt klimaks. Å høre ham knurre mens han fant glede i baken hennes, presset til slutt Samantha til det ytterste.

"Vær så snill! Ikke stopp!" Hun tryglet.

Etter å ha kjent kona på stupet, ble Dick snart belønnet for sin paniske innsats. Da han endelig bukket under, klemte rumpa hennes på hanen hans med overmenneskelig styrke. Når hennes rytmiske sammentrekninger begynte, lot han en velfortjent orgasme ta over kroppen. Strøm etter strøm av frøet hans fosset inn i hennes harde begjær mens han skrek navnet hennes med begjærlig nytelse.

Allerede på toppen av kroppsspasmene hadde Samantha et følelsesmessig klimaks da han kalte henne ved navn. Det var ingen større belønning enn å få Dick til orgasme med en av henne, og hun trivdes med dette seksuelle ruset. Instinktivt grep hun hoftene hans som et anker mens kroppene deres dirret i kor.

Samantha kollapset oppå ham etter å ha forvitret den seksuelle tsunamien. Hun famlet i flere sekunder før hun prøvde å koble fra kilden til hennes seksuelle tilfredsstillelse. Den fullkomne 'Dirty Girl' nøt sin cum på rumpa hennes og ønsket å redde det hun kunne. Overraskende nok klarte hun å reise seg og vri alt i en bevegelse, og spredte seg utover hele kroppen. Mett var Dick fornøyd med å la seg slappe av, selv om han fortsatt ble holdt tilbake av håndjernene.

Mens hun lyttet til den langsomme pulsen hans, kjente Samantha at han kanskje sov, og bestemte seg for at hun kunne sette sexleketøyet hennes på ettermiddagen fri.

Kort fortalt lurte hun på om han ville søke hevn. Av hele sitt hjerte forventet hun det ...

Bare tiden ville fortelle .

OPPDAGER BAKINNGANGEN

Jeg stønnet og rullet meg på senga.

Det svake lyset som kom gjennom gardinene fortalte meg at hun hadde sovet inn litt senere enn vanlig.

Jeg sukket og trakk dekslene nærmere.

Jeg kjente kjæresten min flytte seg litt ved siden av meg, den nakne rumpa hennes presset mot siden av beinet mitt.

Minner fra natten før begynte å komme tilbake gjennom morgentåken.

Vi hadde vært ute med venner i byen, en rolig kveld ute for middag og en prat.

Cinthya, kjæresten min, hadde vunnet myntkastet tidligere på natten, så jeg var den utpekte sjåføren denne gangen.

Da vi forlot vennene våre og gikk tilbake til bilen, snublet hun litt og jeg holdt henne oppe så hun ikke skulle falle.

Jeg benyttet anledningen til å snike meg ut med et kyss og ta tak i den vakre rumpa hennes, noe som fikk henne til å hvine og lekende klaske meg.

"Beklager, jeg kunne ikke motstå," sa jeg med et blunk mens hun flyttet tilbake i armene mine.

Hun lo og gled hånden opp til skrittet mitt og ga den et forsiktig klapp.

"Jeg kunne heller ikke" humret hun.

Jeg lo også og hjalp henne til døren, og bukket dramatisk da hun satte seg inn i bilen.

Før jeg lukket døren, stilte jeg meg foran henne og spurte henne om hun fortsatt ikke kunne motstå.

Med en latter strakk han seg bort og gned meg i skrittet igjen, tregere og sikkert mindre leken enn første gang.

Jeg følte at jeg ble litt tøffere, men da jeg visste at vi hadde en halvtimes kjøretur foran meg, rygget jeg og lukket døren.

Da vi kjørte tilbake til huset mitt, snakket vi om kvelden vår, og diskusjonen dreide seg om Cinthyas venn July, som nylig hadde slått opp med sin mangeårige kjæreste.

July var kledd i en veldig avslørende T-skjorte og Cinthya sa med et smil at hun hadde lagt merke til at han hadde undersøkt henne et par ganger.

Jeg prøvde å påstå at jeg ikke hadde det, men til ingen nytte var jeg skyldig som anklaget.

Cinthya sa at det var greit, og at det ville være vanskelig å ikke sjekke henne siden puppene hennes var utstilt for alle å se.

"Og apropos grov..." ertet han mens hånden hans igjen gned meg i skrittet. "Er dette for å tenke på juli?" spurte hun mens hun gned håndflaten langs den stive kuken min.

"Nei, jeg tenkte bare på å få deg hjem og legge deg," sa jeg og strakte meg raskt etter brystet hans for å ta tak i det med høyre hånd.

Hun skrek og klemte kuken min gjennom jeansene mine.

«Jeg beklager at du ikke vil vente til du kommer hjem,» sa han og gned meg.

Hendene hennes beveget seg til glidelåsen min mens hun hvisket "Kanskje vi burde se hva pikken din tenker..." Cinthya åpnet glidelåsen min og trakk pikken min ut av undertøyet.

«Ahhh, der er det», sa hun mens hun strøk mitt steinharde medlem. "Jeg tror ikke han kan vente til vi kommer hjem," spøkte han, "jeg tror han vil spille akkurat nå."

Med det lente hun seg ned og la hodet på fanget mitt og la tungen sakte over hodet på kuken min.

Jeg stønnet og klemte sammen hjulet mens hun ertet meg.

Hun hadde aldri hatt et pikkhode i munnen mens hun kjørte på veien og var spent på å sjekke dette av bøttelisten hennes.

Hun skled munnen til kuken min og virvlet tungen rundt den.

Med et stønn begynte hun å bevege hodet opp og ned, den varme munnen hennes gjorde meg gal.

Jeg stønnet høyt og flyttet en hånd til bakhodet hennes, vel vitende om at hun elsket å få håret trukket når hun sugde på kuken hans.

Slurpende støy fylte bilen mens hun fortsatte å suge meg, men jeg tok hver eneste unse energi jeg måtte fokusere på å få oss trygt hjem.

Hun trakk munnen av kuken min og stønnet "Du smaker så jævla godt" før hun sugde den på seg igjen.

Jeg visste at jeg nærmet meg orgasme, så jeg sa til henne at hun burde sakte ned, men det fikk henne til å ignorere meg da hodet hennes begynte å vippe på kuken min enda raskere.

Vi nærmet oss et stoppskilt og det var ingen biler i sikte, så jeg stoppet, tok tak i håret hennes og dumpet en strøm av sperm i munnen hennes.

Cinthya stønnet mens hun kjente at spermen sprutet inn i munnen hennes om og om igjen og om igjen.

Jeg kunne ikke huske sist jeg hadde kommet så hardt og så hardt.

Han satte seg sakte opp og så inn i øynene mine mens han svelget hver dråpe i munnen hans.

«Ta meg hjem», krevde han da jeg la merke til at fingrene hans hadde sklidd oppover skjørtet hennes og jobbet ekstra under trusa hennes.

* * *

Jeg våknet fra tankene mine da Cinthya snudde seg og la merke til at jeg fraværende strøk min nå bankende ereksjon etter å ha gjenopplevd minnene fra siste netter i hodet mitt.

Hun strakte seg og gjespet før hun koset seg inn i siden min, hånden hennes beveget seg ned for å flytte hånden min bort fra kuken min.

"Det er min" sa hun mens fingrene hennes berørte meg lett.

"All yours" sa jeg og gjorde et show med å holde hendene mine unna eiendelen hans.

Han begynte sakte å senke seg på sengen, trakk sengetøyet og dekkene av meg mens han beveget seg.

"Hell yeah, all mine," stønnet hun mens hun kysset seg nedover magen min før hun lett kysset hodet på kuken min.

Et nytt kyss førte til et nytt lite kyss, og snart hadde hun hele kuken min i munnen igjen.

Hun visste hvor mye jeg likte å vekke meg med en blowjob, men etter i går kveld ville jeg at hun skulle nyte litt også.

"Få den varme lille pusen du har her," krevde jeg mens jeg strakk meg etter bena hennes.

«Du er ikke den eneste som er sulten denne morgenen», ertet jeg.

Med et rull med øynene på den dårlige spøken min snudde hun beina og snart var vi i den klassiske 69-stillingen.

Like mye som jeg elsket å føle kuken min i den varme, våte munnen hennes, likte jeg å leke med den fantastiske lille fitten hennes enda mer.

Jeg gled sakte tungen min langs leppene hennes, og fremkalte et stønn fra Cinthya mens munnen hennes sakte beveget seg opp og ned på kuken min.

Fingrene hennes lekte veldig lett med ballene mine, og fra tid til annen tok hun hanen min ut av munnen, kjærtegnet meg og ba meg spise fitta hennes.

Jeg flyttet hendene mine rundt bena hennes slik at jeg kunne skyve fingrene mine inn i den bløte fitta hennes nå, og hun presset seg mot meg og prøvde å knulle seg selv inn i fingrene mine så godt hun kunne.

Etter å ha knullet henne med fingeren et øyeblikk, gled jeg tungen min tilbake og gned den over den lille kliten hennes.

"Mmmmm, faen yeah," hvisket hun mens hun kjærte henne enda mer.

Jeg skled fingrene tilbake inni henne og med den andre hånden slo jeg den vakre rumpa hennes.

"SHIT JA" stønnet han mens han slo henne igjen.

Mens jeg strøk fitta hennes med lange, sakte strøk, klemte den andre hånden hennes rumpa, spredte baken hennes og lot meg se den lille anusen hennes.

Med et smil skled jeg fingeren min langs skjeden hennes, dekket den med saftene hennes, og gled den ned til det tette hullet hennes.

Jeg gned meg forsiktig på rumpa hennes, og presset fingeren sakte mot den.

Den andre hånden min fortsatte å jobbe inn og ut av den varme, våte fitten hennes mens jeg lekte med det tette lille bakre hullet hennes.

Jeg tok snart motet til meg til å presse litt hardere mot anusen hennes og fingertuppen min gikk inn i bunnen hennes for første gang.

Holdt den der, gled jeg tungen min ned til fitten hennes, slikket og fingret litt mer på rumpa hennes, presset og gned henne sakte.

Jeg gled fingrene mine inn i fitta hennes og begynte å leke med kliten hennes, noe som fikk henne til å stønne og presse mot meg.

Som et resultat gled fingeren min i rumpa forbi den første knoken, forbi det jeg hadde planlagt å gå.

Jeg la fingrene mine tilbake i fitta hennes og fortsatte å knulle henne, mens den andre fingeren min satt fast i den stramme rumpa hennes.

Det var da jeg skjønte at hun ikke lenger sugde pikken min, men snudde hodet i et forsøk på å se på meg.

Hoftene hennes gynget litt og hun stønnet.

"Hva gjør du?"

Jeg stammet at jeg likte fitta hennes, men hun spurte meg:

"Berører du baken min?"

Jeg måtte innrømme at jeg var det og begynte å be om unnskyldning, men før jeg rakk å fortsette hørte jeg henne stønne "det er så skittent" og hoftene hennes begynte å bevege seg litt hardere, "jævla skitne, berøre rumpa mi."

"Skal jeg slutte?" jeg spurte han

"Fan nei, gjør det vanskeligere" stønnet han mens munnen hans falt tilbake til kuken min.

Jeg presset fingeren hardere mot henne og ble belønnet med et høyt stønn.

Jeg ga opp å leke med fitta hennes og fokuserte på rumpa hennes.

Jeg rakte hånden til nattbordet og famlet i blinde til jeg fant flasken med glidemiddel jeg lette etter.

Jeg gled fingeren fra rumpa hennes, og fikk henne til å stønnc.

Deretter helte jeg litt glidemiddel på fingeren og begynte å gni det tette lille hullet med glidemiddelet før jeg presset fingeren ned igjen.

Hun pustet kraftig inn og presset rumpa mot meg og ba meg fortsette å leke med den skitne rumpa hennes.

Med glidemiddelet gjorde det det lettere å gli inn i rumpa hennes, og snart hadde jeg fingeren dypt i den tidligere jomfruelige rumpa hennes.

Mens jeg stakk fingeren inn og ut, stønnet hun høyere enn jeg noen gang hadde hørt før, hoftene hennes vugget hardt mot meg og prøvde å trenge gjennom hver tomme av henne.

"Jeg lurer på hvor bra pikken din ville ha det der inne," stønnet hun og så opp på meg.

Jeg spurte ham om han var seriøs, og han ropte nesten til meg at jeg skulle knulle meg nå.

Hun snudde seg bort fra meg og ventet på sengen på alle fire.

Jeg helte mer glidemiddel på kuken min og strøk den, og forberedte den til å fylle kjæresten mins tette hull.

«Fan my ass, fuck my ass» fortsatte hun å hviske mens hoftene svaiet fra side til side.

Jeg beveget meg bak henne og holdt på kuken min, og presset hodet mitt mot det rynkede hullet hennes.

Jeg presset sakte og snart gled tuppen inni henne, stønnen hennes lød fra veggene i rommet.

Jeg dyttet kuken forsiktig inn i rumpa hennes, stønn hennes ble høyere etter hvert som jeg gikk.

Snart hadde jeg hele kuken min begravd i rumpa hennes, hendene mine tok tak i hoftene hennes mens jeg lente meg fremover og spurte hvordan hun hadde det.

"Fan det føles så bra" knurret hun. "Nå knull rumpa mi, knull rumpa min baby" sa hun.

Jeg gled sakte min kuk tilbake før jeg stupte tilbake i henne, noe som fikk henne til å hyle av nytelse.

Heten i situasjonen gjorde meg gal, og før jeg visste ordet av det var jeg klar til å eksplodere.

Jeg fortalte henne at jeg nesten var der, og hun stønnet "cum inni meg, fyll rumpa mi med den varme spermen din!"

Jeg tok godt tak i hoftene hennes og stupte kuken min inn i rumpa hennes, og begravde den dypt inni henne mens jeg nådde klimaks.

Med hvert utbrudd av mitt kunne jeg kjenne spasmene fra kroppen hennes til jeg var ferdig med å fylle rumpa hennes med melk.

Hun begravde ansiktet hennes i puten og stønnet om og om igjen mens kuken min gled ut av den godt knullede rumpa hennes.

Jeg rullet meg på ryggen ved siden av henne og trakk pusten.

Han ble liggende på alle fire og peset.

Han snudde hodet mot meg og sa med et smil "la oss få den pikken hard så snart vi kan, jeg trenger en ny jævla med dette med en gang"

RISIKABELT BACK BET

85

KAPITTEL I

Tequilashots, misteltein og den dummeste avgjørelsen i livet mitt.

Det var ti måneder siden, men jeg kunne fortsatt ikke se inn i øynene til Jeremy Cartwright.

Og det raser meg.

Ikke bare på grunn av den dumme, dumme julefest-sexen som jeg angret på i det hele tatt, men fordi jeg etter møtet bare hadde holdt ut, hadde veldig lyst til å se på det akkurat nå.

Og jeg kunne ikke fordi hver gang jeg så på ham tenkte jeg på ham... da jeg forlot ham...

Å, hva jeg ikke ville gjort for en magisk hjernejuicer.

Jeg risikerte et kort blikk over bordet.

Han smilte til meg.

Bastard.

Han kunne ikke huske sist gang Jeremy møtte et lagmål.

Så hvorfor smilte han til meg over bordet når han burde vært flau?

For mannen hadde ingen skam.

Det var ikke mangel på ferdigheter som stoppet ham, nei, Jeremy var bare lat.

Dovendyr.

Han hadde steget i gradene med sjarm, godt utseende og null substans.

Som en som hadde kjempet med nebb og klør for hver kampanje og hvert trinn på bedriftsstigen, gjorde hans uanstrengte kampanjer meg helt gal.

Den sørlandske godguttposeringen han hadde vunnet over alle unntatt meg.

Det hadde sikkert fungert med Lucy Sander, den nye manageren for Eastern Division-laget.

Lucy, som nettopp hadde anklaget meg for ikke å være en lagspiller, på grunn av ham.

Jeg, Nancy Harrison, er ingen lagspiller.

Jeg er ikke en lagspiller?

Jeg er ordbokdefinisjonen på en lagspiller.

Jeg gjorde alt for laget.

Jeg ga alt, blod, svette, tårer og alle andre dumme klisjeer.

Alt jeg spurte om var om vi skulle begynne å ta hensyn til individuelle mål når det kommer til kvartalsvise bonuser.

Ut fra ansiktsuttrykket hans kunne han like godt ha foreslått slakting av unger i engrossalg.

Det var ikke bare Lucy som reagerte dårlig; de så alle på meg som om jeg var Cruella De Ville.

Alle trodde at han hadde en slags ond agenda for å rekonfigurere bonusstrukturen.

Jeg prøvde ikke å få noen ut av et bånd.

Alle hadde fullstendig mistet meningen med det jeg sa.

Jeg elsket å jobbe for Williams Resource Recovery.

Jeg kom til selskapet rett fra universitetet da det bare var en oppstart i det relativt nye feltet innen miljøressursutvinning og utslippsreduksjonsrådgivning.

Jeg levde for selskapet og dets idealer, spesielt dets inkluderende ledelsespolitikk.

Han var sterkt for å fremme et kooperativ i stedet for et konkurransedyktig bedriftsmiljø.

Jeg ville ikke fullstendig bryte ånden i de kollektive målene.

Jeg ville bare, jeg ville bare... jeg ville...

For å straffe lat Jeremy Cartwright.

Det var det jeg ville.

"Hva er problemet ditt?" Jeg hveste på ham over bordet og hatet måten han hørtes ut på, som en slags dement spissmus.

Jeg er ikke slik, denne sinte og bitre personen, det var på grunn av ham, bare han, som fikk meg til å handle på denne måten.

Han lo.

Han lo lavt, som om det var litt morsomt, noe som bare fikk meg til å hate ham mer.

Vi var de siste igjen i møterommet.

Jeg hadde blitt fordi hvis jeg ikke praktisk talt hadde limt rumpa til setet og tatt tak i armene på stolen, ville jeg ha stormet ut av rommet i et raserianfall som avsluttet karrieren.

Jeg ville ikke reise meg fra stolen før bena mine ikke lenger skalv av sinne forårsaket av Jeremy Cartwright.

Hvordan jeg ønsket å ta bort den dumme, smilende posituren hans, men som om han kunne føle hvor nær han var å knekke meg, hadde Jeremy blitt igjen for å erte meg med sin melodiske latter.

"Problemet mitt, kjære? Hva er problemet ditt? Jeg er ikke den som får hvite knoker når jeg har det vanskelig i møter."

"Hvite knoker? Jeg har dem ikke, jeg er..."

Min raseri bleknet da jeg skjønte at fingrene mine hadde blitt nummen av blodtap forårsaket av grep.

Jeg tok fingrene mine fra armene på stolen, trakk pusten dypt og begynte en indre sang.

Jeg er rolig.

Jeg er rolig.

Jeg er rolig.

Jeg gjorde en ganske god jobb med å roe meg ned – de hvite prikkene hadde forsvunnet fra det perifere synet mitt og jeg kunne ikke lenger kjenne min forhøyede hjerteslag i pannen – da han begynte å nynne.

Den rottejævelen.

Sist jul, sangen som hadde spilt da vi... da han...

Herregud, det burde hun ikke, hun ville ikke tilbake dit, ikke nå.

Jeg tvang meg selv til å se opp for å møte de onde blå øynene hans.

Jeg snakket sakte, i et forsøk på å forhindre at det skingrende raseriet som kokte i blodet mitt siver inn i stemmen min:

"Problemet mitt, Jeremy, er at du ikke kan oppnå et enkelt mål for å redde ditt late, verdiløse liv."

"Egentlig?" han trakk.

Jeg kalte ham bare lat og ubrukelig, og mannen hadde ikke engang anstendigheten til å høres litt irritert ut.

Han bare la hodet på skrå, som om jeg hadde fortalt ham noe interessant.

"Nancy, jeg skal nå de målene. Faktisk vil jeg ikke bare nå dem, kjære, men jeg vil overgå dine."

Jeg kunne ikke la være å fnyse høyt.

Jeg måtte tulle.

Åh, virkelig?

Det var ingen måte han var seriøs.

Det siste året var det ikke engang i nærheten av å nå målet.

"Riktig. Ja."

Jeg lente meg over bordet og punkterte hvert ord med en hånende hoderisting.

"I dine drømmer."

Den sørlandske godguttfasaden forsvant et øyeblikk og de myke blå øynene ble iskalde.

"Vil du satse på noe Miss Harrison?"

Jeg ble plutselig bekymret, redd faktisk, noe som ikke ga noen mening fordi hans bravader hadde ingen sjanse til å fange meg, langt mindre overgå meg.

Målene skulle leveres på mindre enn tre uker.

Men av en eller annen grunn ville han ikke spille.

Hun ville ikke risikere å lære hensikten med det som lurte i det iskalde blikket.

Jeg svarte ikke.

Jeg bestemte meg for å være voksen, reiste meg og gikk rundt bordet i retning utgangen.

For hvert skritt fra meg gjorde jeg det klart for ham at jeg var for moden til å leke med disse tingene.

Jeg likte å spille modenhetskortet, men da jeg strøk mot ham, rakte han ut hånden og tok i armen min.

"Er du redd?" han utfordret meg med den myke sørlige dragningen hans.

Jeg tok hånden hans.

"Ja. Jada. Jeg skjelver. Helt livredd. Rister opp i rumpa."

Jeg snudde meg, lente rumpa inn i ham og ristet ham, beveget meg som en statist i en rapmusikkvideo.

Stor feil av meg.

Han lo.

Et herlig rykte som uten tvil fikk alle kvinnelige øre som kunne høre på, til å sukke av lyden, alle unntatt meg.

Han reiste seg, lente seg nærmere, så nært at den grove haken hans strøk øret mitt og jeg måtte kjempe mot en skjelving.

Mens han lente seg mot rumpa mi, mumlet han:

"Hva med at vi satser på den rumpa?"

Jeg snudde meg og dyttet ham med begge hendene mot brystet hans.

"At?"

"Veddet er på rumpa din, frøken Harrison. For sterk for deg? Vil du trekke deg tilbake?"

Jeg så på de åpne dørene til konferanserommet for å sjekke at ingen hadde hørt ordene hans før jeg hvisket til ham.

"Satsingen går begge veier kompis. Er du klar til å møte det tapet, pen gutt?"

Jeg stirret på rumpa hans som fikk ham til å le igjen.

"Jeg tror jeg er ganske trygg med det," sa han.

Noe som gjorde meg sint.

Latterlig sint.

Dumt nok til å rekke ut hånden min og si:

"Du har det som en pen gutt."

Dumt, ikke fordi jeg trodde jeg kunne vinne, men fordi jeg ga etter for påstanden hans om å involvere meg i dette veddemålet.

«Kjære, jeg skal slå deg neste uke,» sa han med et blikk på den utstrakte hånden min som kastet meg av sporet.

"Det er det du vil ha."

Jeg stirret på ham, noe som bare fikk gliset til å bli til et bredt glis.

Jeg holdt på å trekke ut den utstrakte hånden min da han tok den og dro meg til seg.

Han lente seg inn, munnen mot øret mitt, sandeltreet og mannsduften brenner med ham.

"Å kjære, vi vet begge sannheten. gjør vi ikke?"

Lyden av stemmen hans.

Lukten av huden hennes.

Varmen fra kroppen hans mot meg fikk meg til å trekke meg tilbake.

Igjen spinner den jævla Whams i sang.

Misteltein henger på kontordøren.

Smaken av rom og fondantkake på leppene hennes.

Varmen fra hånden hans som slår baken min.

Den harde trekanten på skrivebordet biter seg fast i hoftebeina mine.

Lyden av stemmen min som skriker i orgasme og ber om mer.

Den kvelden.

Den dumme og hensynsløse natten hadde jeg sirklet en finger våt av mine egne juicer mot anus.

Om og om igjen hadde han ertet det hemmelige stedet, hvert strøk litt dypere, til han hadde presset alt inn.

Den dype stemmen hans buldret i øret mitt og fortalte meg at neste gang han fanget meg ville det være der borte.

Jeg ristet av meg minnet.

Det hadde ikke vært noen neste gang.

Det blir ingen neste gang.

Det var ikke nok tequila i verden til å bringe meg tilbake til den situasjonen.

"Du er så anspent , Nancy. Så nervøs. Jeg kan hjelpe deg med det," mumlet han mens han senket hånden for å hvile i kurven på ryggen min.

En gnist av varme skjøt gjennom meg ved berøringen hans.

Jeg gikk bort, skamfull over hvor våte minnene hadde gjort meg.

Hva handlet denne mannen om?

Hvordan kunne han gjøre meg så sint og fortsatt ha lyst på ham?

Jeg holdt på å trekke meg fra innsatsen.

Å fortelle ham at det hele var en stor dum feil da han i det øyeblikket la en finger mot leppene mine.

"Shh, Nancy, ingen tid til å snakke, jeg må tilbake på jobb hvis jeg skal slå tallene dine."

Og så var han borte.

Ikke veldig fort.

Fortsatt på den sørlige «all verdens tid»-måten, gikk han ut av konferanserommet og tilbake til kontoret sitt.

KAPITTEL II

Tracy fant meg ved skrivebordet mitt.

Hvordan visste du at det ville være her?

Jeg hadde bevisst unngått spisestuen i det forgjeves håp om at jeg kunne komme meg ut av denne samtalen, men alt jeg så ut til å ha gjort var å forsinke det uunngåelige.

"Så," sa han og lente seg over skrivebordet mitt, "du ser ut som Grinchen. Jeg hører at du prøver å stjele fagforeningsobligasjonene våre."

Jeg svarte ikke.

Han satt i gjestestolen min uten å spørre og kom bort og hadde med seg en haug med tobakk og duften av marihuana.

"Du vet hva problemet er, ikke sant?"

Jeg visste hvor dette var på vei.

Hvor det alltid gikk med Tracy...

"Du må få den mannen ut av hodet ditt"

... under beltet.

I følge Tracy var det ingen blodig ting i verden som det å være en god tispe ikke kunne fikse.

Fra krisen i Midtøsten til en dårlig dag: han klarte alltid å finne en måte å redusere det hele til sex.

Jeg sukket og senket hodet for å banke på skrivebordet.

"Minn meg igjen, hvorfor akkurat er du min beste venn?"

Hun lo, en søt lyd blandet med en rasp, et produkt av en livslang hengivenhet for smakene av Lucky Strike.

"Fordi du må si opp jobben din for å finne noen andre og..."

Jeg avbrøt og avsluttet setningen hans...

"...jeg vet alt om deg, så mer enn du gjør uansett."

"Wow. He."

Han strøk meg nedover hodet.

"Du trenger en hårklipp, kjære. Hvorfor drar du ikke tidlig i dag? Gud vet at han skylder deg n timer."

Jeg satte meg opp og strøk en hånd gjennom håret mitt og tok opp det lange smellet mitt.

"Jeg kan ikke, jeg trenger..."

"Du må bli knullet. Du må klippe deg. Du trenger et liv. Det er det du trenger. Jorden kommer ikke til å synke ned i karbonkaos fordi du forlater selskapet litt tidlig for å fikse deg selv."

Jeg sukket.

Puggen min faller igjen over ansiktet mitt.

Jeg blåste det vekk med et pust.

Kanskje hun hadde litt rett, men hun visste at jeg var for sta til å innrømme det.

Vi så på hverandre, jeg rynket pannen gjennom en hårgardin og hun smilte, det perfekte skjønnhetsdronningssmilet.

Han smilte et falskt smil til meg.

Jeg brøt først.

Hvis det ikke hadde vært for det møtet og den dumme Jeremy Cartwright, hadde jeg kanskje hatt utholdenhet til å holde blikket rett, men jeg ga opp.

Det var hans feil.

Alt hadde vært hans feil.

"Ok," sa jeg.

Tracy reiste seg.

«Jeg vet at jeg har rett,» sa hun mens skjønnhetsdronningen hennes ble til et stort smil.

"Jeg sa ikke at du hadde rett."

Han dekket øret med hånden og sa:

"Hva var det? Jeg hørte ingenting etter at du sa at jeg hadde rett."

Jeg mumlet en ubrukelig "tispe" mens hun rygget unna.

Han stoppet ved døren og sa over skulderen:

"Å, jeg bestilte time for klokken fire med Dustin på frisørsalongen. Ikke kom for sent. Og gjør som du får beskjed om."

"Hva? Jeg vil bare ha en hårklipp. Ikke noe annet," ropte jeg, men hun var allerede rundt hjørnet.

KAPITTEL III

Jeg kom tilbake dagen etter med håret mitt klippet, farget, polert, vokset og nesten fire hundre dollar dårligere.

Til tross for det uventede kontantutlegget, følte jeg meg ganske bra med meg selv, helt til jeg så det.

Han lente seg mot dørkarmen på kontoret, og så ut som en av de store kattene hun hadde sett på Discovery Channel i går kveld.

Med det rødblonde håret og rovsmilet var det lett å forestille seg hodet som hodet til en løves stolthet.

Han førte øynene fra hodet mitt til føttene mine og så sakte opp blikket i revers for å havne på ansiktet mitt igjen.

Måten han så på meg gjorde meg nervøs.

Jeg stoppet.

Jeg stoppet midt i gangen.

Jeg hadde ikke skjønt at jeg hadde frosset som lamslått byttedyr før noen strøk forbi meg på armen og jeg knakk.

Han lo.

Rasende gikk jeg bort til ham og slo ham på brystet.

Han tok henne og holdt henne fast.

"At?" sa han med en irriterende falsk uskyld.

Jeg huffet, trakk hånden min fra hans og presset forbi ham for å fortsette mot kontoret mitt, og slapp vesken min på skrivebordet.

Annabelle, kvinnen jeg hadde delt kontor med de siste to årene, var i fødselspermisjon, så jeg hadde kontoret for meg selv.

Jeg likte det sånn.

Hun var egentlig ikke en jente som likte delt plass.

Og i en perfekt verden ville jeg ha et kontor for meg selv i et hjørne.

Jeremy gikk inn uten å spørre og satte den stramme rumpa på Annabelles skrivebord.

Jeg ignorerte ham, slo på datamaskinen og gikk gjennom e-postene mine som om han ikke var på kontoret.

Han kremtet.

Jeg holdt blikket festet på skjermen.

Han lo og jeg kjente en sint puls begynne å slå i pannen min.

"Du ser nydelig ut kjære."

Jeg snudde meg for å se på ham.

Jeg ble smigret da, var det forventet at jeg skulle takke deg for noe nå?

Lite usannsynlig vil skje.

"Jeg vet," sa jeg med en knurring.

Han humrende gikk frem for å lene seg mot skrivebordet mitt.

Hun dyttet papirene fra bordet og lente seg mot det på albuene.

arrogant jævel

Jeg stirret på ham.

Han lente seg nærmere meg.

"Tracy fortalte meg at du dro tidlig i går for å besøke skjønnhetssalongen."

Jeg nikket .

Han rakte opp en hånd og trakk i et krøllete hårstrå mitt.

"Du fikset håret ditt."

Jeg nikket igjen.

"Noe annet?"

Jeg dyttet bort fra skrivebordet og snudde stolen min fra ham.

Av lukten.

Ved hans nærvær.

Øynene hans gled nedover kroppen min, og stoppet bevisst ved krysset mellom bena mine.

Blikket hans var en brennhete som jeg kjente pulsere mellom de spente lårene mine.

Jeg hadde blitt barbert.

Mer enn han forventet, hadde Tracy tilsynelatende forklart til Dustin noen spesielle forespørsler.

Jeg motsto full barbering, og foretrakk at spillefeltet mitt var i det minste litt gresskledd.

Hvordan visste han det?

"Tracy," mumlet jeg.

Han lo, skjøv seg bort fra skrivebordet og opp på føttene og nikket.

"Har han fortalt deg det? Har han fortalt deg om voksingen min?"

Jeg kunne ikke tro at hun ville gjøre det!

Hvorfor skulle hun gjøre det?

Han lo igjen, høyere.

Da han var ferdig sa han:

"Å kjære, hun fortalte meg at du har vært på salongen. Hun fortalte meg at du har vokst over deg selv."

Ansiktet mitt ble rødt som en brannbil.

"Gjorde du det for meg?" spurte han og bøyde hodet.

"Hva om jeg gjorde det? Hva om jeg gjorde det?" Jeg stammet: "Er du seriøs? Spør du meg seriøst om det?"

"Nei. Egentlig ikke. Jeg liker bare å leke med deg. Det er best du kommer tilbake på jobb. Så hvis du tar i betraktning hvor tidlig du dro i går, må du ta igjen i dag."

Hun var fortsatt kjeftende lenge etter at han dro.

KAPITTEL IV

Tracy fant meg på den måten.

"Å baby, håret ditt ser flott ut på deg. Hva? Hva?" Hun så seg over skulderen. "Hva ser du på?"

Jeg ristet på hodet.

Hun nikket og satte seg ved pulten til Annabelle.

"Aaah, Jeremy var her, ikke sant?"

"Ja, det var han. Drittsekk."

"Hvorfor hater du den mannen så mye?"

"Han er lat. Han har ikke gjort noe siden han kom hit. Han ser bare perfekt ut og får alt han vil ha."

"Virkelig? Hmmmm."

Tracy løftet et øyenbryn og bøyde hodet.

"Hva skal det bety?" utbrøt jeg.

"Verden er helt svart og hvit for deg, ikke sant? Gode og dårlige. Ingen nyanser av grått."

"Det er ikke noe grått her," sa jeg og forutså den siste kvartalsrapporten jeg leste i går ettermiddag, "Her er svart og hvitt hvem som jobber og hvem som ikke gjør det. Jeremy er det ikke. Han har ikke gjort det siden han flyttet fra Chicago sist. år".

Tracy ristet på hodet.

"Noen ganger, kjære, står ikke den virkelige historien i avisen. Den ligger i personen."

"Jeg kjenner personen," sa jeg, "han er en arrogant dust. Det er personen. Se, jeg må jobbe. Hvis alt du har nå er kryptiske meninger om Jeremy Cartwright, kan vi legge om denne samtalen til lunsj... Eller kanskje aldri?

Tracy ristet igjen på hodet før hun nikket raskt og gikk til døren for å gå.

Han stoppet ved døren, snudde seg og sa:

"Husk, kjære Nancy, det er mer i livet enn bare å gjøre en god jobb. Jeremy Cartwright er det eneste du har vært lidenskapelig opptatt av om noe annet enn reduksjon av karbonutslipp eller presidentens kampanje. Jeg vil at du skal tenke på det. Sikkert det betyr noe."

"Det betyr ingenting. Han betyr ingenting."

Hun trakk på skuldrene og sa over skulderen da hun gikk:

"Jeg sier ikke at du skal gifte deg med fyren. Bare knulle ham litt."

Så sint som alle de kryptiske kommentarene hennes om Jeremy hadde gjort meg, kunne jeg ikke annet enn å le av svaret hennes.

Knull ham litt.

Jeg har allerede gjort det.

På akkurat dette skrivebordet, faktisk.

Mine forræderske brystvorter stivnet ved minnet.

Jeg slo av flashback før det tok over hele kroppen og gikk tilbake til dataskjermen.

Hun hadde arbeid å gjøre, ingen tid til Jeremy Cartwright.

KAPITTEL V

Jeg jobbet frem til lunsj.

Tracy stakk hodet kort inn for å skjelle meg ut, men jeg ignorerte henne og gikk i gang med mine saker.

Det var ikke før jeg så opp fra dataskjermen for å strekke den vonde ryggen at jeg skjønte at ganglysene var av.

Det var mørkt.

Jeg så på klokken og så at klokken var nesten ni om natten.

Magen min knurret i protest.

Jeg dyttet meg bort fra skrivebordet mitt, reiste meg og gikk for å finne nærmeste automat.

Hun sto foran automaten og prøvde å rettferdiggjøre kombinasjonen av flere pakker med pakket mat som en næringsrik middag da heisdørene åpnet.

Jeg kjente lukten før jeg så den.

Thai-mat.

Duften av krydret lime og hvitløk fløt gjennom luften og fikk meg nesten til å besvime.

"Pringles til middag?"

«Og en konvolutt med peanøtter», svarte jeg.

Jeremy lo.

"Riktig, for det utgjør hele forskjellen."

"Selvfølgelig gjør det det."

Jeg holdt Pringles og sa:

" Poteter", og deretter pakkene med peanøtter, "Frø".

Han løftet opp plastposen med mat som han holdt i venstre hånd,

"Cartwright's Thai. Nok for to. Vil du ha noen?"

Jeg ristet på hodet mens magen skrek en pinlig knurring og sa ja.

Jeremy så spissende ned på den fortsatt stønnende magen min, og munnviken hans rykket i et underholdt smil.

"Ok," sa jeg og strakte meg for å ta posen fra hånden hennes, "la oss gjøre dette da."

"Med en så elskverdig aksept er jeg mer enn glad for å etterkomme."

Han rakte ut hånden foran seg og ga meg en liten bue.

"Vær så snill å gå foran."

Jeg rynket pannen, snudde meg på hælen og satte kursen mot pauserommet.

Han tok tak i armen min, fingrene hans strammet seg rundt håndleddet mitt.

"Uh, uh," sa han, "på kontoret mitt."

"Fordi?"

"Fordi det er maten min og jeg kan fortelle hvor vi spiser den."

Jeg ville fortelle ham hvor han skulle legge maten, men tanken på å reise tilbake til Pringles og en peanøttmiddag fikk meg til å holde ordene tilbake.

"Bra," sa jeg og ristet armen ut av hånden hans.

Han slapp håndleddet mitt og med et lett smil førte han hånden mot ansiktet mitt.

Han førte en finger nedover pannen min til kjeven min, og stakk så en løs hårstrå bak øret mitt.

Jeg holdt pusten så han ikke skulle slippe taket.

Han kom nærmere.

Jeg sukket, lukket øynene, bøyde haken og ventet, klar for et kyss som ikke kom.

Han gikk bort.

Jeg kjente tapet av hans nærhet da en frysning rant gjennom kroppen min.

For en tosk!

Hva tenkte jeg og ventet på at han skulle kysse meg?

Jeg så opp og forventet å se ham smile til meg, men i stedet...

Luften strømmet ut av lungene mine igjen da jeg møtte øynene hans.

Blå brann.

Varmen skyllet over meg.

En bølge av lyst som nesten bøyer knærne mine.

«Kom igjen,» sa han.

"Kom igjen?"

Han pekte på den glemte plastposen som dinglet fra hånden min.

"Å, middag," sa jeg og nikket og gikk bort for å følge ham til kontoret hans.

Kontoret hans lå i et hjørne.

Med to vinduer med spektakulær utsikt og uten å måtte dele.

En annen grunn til at jeg ikke liker det.

Han slo ikke på lyset da vi gikk inn, noe jeg syntes var ganske rart.

Hun var i ferd med å slå på lyset da hun slo på en skrivebordslampe og badet rommet i mykt gult.

"Ok," sa jeg og pekte på den gamle messingbordlampen.

«Min bestefar ga meg den», svarte hun mens hun trakk stolen ut bak skrivebordet og plasserte den ved siden av gjestestolen. "Du kan sitte."

Jeg gjorde det, skulle ønske han ikke hadde flyttet stolen sin så nærme min.

Kneet hans traff meg da han satte seg ned.

Hun strakte seg inn i posen og dro ut de små kartongene med mat, to flasker med vann og to sett sølvtøy.

To?

Jeg tok bestikket som ble tilbudt og kunne ikke dy meg.

Jeg kunne aldri gjøre det.

Ubesvart nysgjerrighet ville spise meg opp.

"Hvorfor to kamper?" Jeg spurte han.

"Jeg visste at du fortsatt var her. Jeg visste at du ikke hadde spist."

"Hei!" Jeg protesterte og pekte på beholderen med Cartwright's Thai som jeg hadde plassert over knærne på fanget.

Han himlet med øynene.

"Ekte mat. Jeg visste at du ikke ville ha spist ekte mat."

"Så," sa jeg og dyttet en overbelastet gaffel full av thailandske nudler inn i munnen min, "hvorfor bryr du deg?"

"Jeg bryr meg," sa han og festet de blå øynene på meg.

Jeg ble plutselig nervøs.

Så jeg gjorde det som falt naturlig for meg i disse øyeblikkene.

Jeg begynte en usammenhengende babling av ubrukelig informasjon:

"Thaifolk bruker ikke spisepinner. Det er ingen spisepinner. Visste du det? En gaffel og en skje. Det er det de bruker. En av få asiatiske nasjoner som gjør det. Gaffelen brukes til å skje med mat. Du spiser fra skjeen. Etter annekteringen av..."

Han strakte ut hånden og berørte kneet mitt.

Det skremte meg og stoppet bablingen min.

"Spis," sa han.

"Ok. Liker."

Vi spiste i stillhet.

Jeg spiste mer enn jeg trengte for å holde munnen full.

Ellers hadde jeg sluppet ut alle spørsmålene som svir like under overflaten.

Hvorfor brydde han seg om meg?

Hva ville han av meg?

"Takk for middag," sa jeg og tok en siste svelg av vannet før jeg reiste meg.

"Ikke noe problem," svarte han og hektet hånden rundt hoften min og dro meg mot seg.

Jeg snublet og spredte bena for å få balanse.

Han dyttet et lår mellom de spredte bena mine og spredte seg bredere mens han dyttet meg ned, og tvang meg til å grense over ham.

Begge hender gled oppover skjørtet mitt og trakk stoffet til det samlet seg rundt hoftene mine.

Tomlene hans trakk nedover de indre lårene mine, helt til de børstet trusekanten.

Jeg kunne ikke la være, jeg gynget frem i åpenbar invitasjon.

Han humret.

Lyden gjorde meg nesten rasende, men tennene hans fant brystvorten min.

Shit.

Varmen strømmet gjennom meg mens jeg rykket i den ømme spissen.

Ujevn.

Hard.

Ja.

Ja, det var det jeg ville.

Det jeg trengte

Hvordan visste han det?

Fingrene hans tok tak i den runde delen av låret mitt, og bet seg inn i huden mens tommelen dyppet under den elastiske kanten av trusen min.

Hun beveget seg lavere og sank ned i bassenget av fuktig varme som hennes berøring hadde skapt.

Han dyttet inn, dekket tommelen og dro den så opp til klitorisen min.

Shit.

Glatt og våt av mitt behov, berørte tommelen min klitoris med presisjon.

Jeg svaiet inn i hånden hans, bøyde ryggen og dyttet mot tommelen hans og presset ham videre.

"Fortell meg," sa han, med munnen fortsatt på brystvorten min, ordene hans vibrerte mot huden min.

"At?"

"Fortell meg at du vil dette ... at du vil at jeg skal gjøre det mot deg."

Ordene hans trengte gjennom lystens tåke og brakte meg tilbake til den virkelige verden.

Hva i helvete gjorde hun i løpetid på fanget til Jeremy Cartwright?

"Nei!" Jeg rettet føttene på bakken og presset meg opp.

Jeg reiste meg fra fanget hans for å stille meg foran ham.

Hånden hans gled fra trusen min da jeg gjorde det.

Jeg la hendene mine på skuldrene hans for balanse og klatret ut av fanget hans.

Med skjelvende hender glattet jeg ned skjørtet.

Da den ikke lenger ble eksponert, sa jeg:

"Jeg vil ikke ha dette. Jeg vil ikke ha deg."

Han lo, en hul lyd.

Hun førte den fortsatt fuktige tommelen mot munnen, trakk tuppen over underleppen og førte deretter tungen over flekken.

"Du lyver," sa han, "du vet det. Og jeg vet det."

"Søppel. Det er ikke deg. Det er bare en stund siden jeg har gjort det. Jeg kunne ha reagert på at hvem som helst sjekket det på meg."

"Hvor lenge?" spurte.

Ti måneder, tenkte jeg, men svarte:

"Det er ikke din sak".

"Gå da," sa han og pekte på døren, "løp Nancy. Du er trygg i dine små løgner foreløpig."

"Hva mener du nå?"

Jeg forbannet meg selv for å ha svart ham.

Hvorfor kunne han ikke la det være?

Hvorfor måtte han alltid vite det?

Han tok et skritt mot meg.

"Når jeg vinner veddemålet vårt. Før jeg tar den rumpa av deg, skal jeg få deg til å innrømme det. Innrøm at du elsker meg."

"Ja? Du..." Jeg stoppet meg selv før jeg så for dum ut, men jeg kunne ikke la være å ta et skritt og stikke en finger inn i brystet hans.

Han trakk fingeren min fra brystet og låste hånden min i hans.

"Du vil tigge meg, Nancy Harrison."

"Ikke i drømmene dine," hveste jeg, snudde meg bort og gikk ut av kontoret hans.

Jeg var to trinn ned i gangen da jeg stoppet, snudde meg og gikk tilbake til den åpne døren hennes.

Han satt ved skrivebordet og så rart på skrivebordslampen.

"Takk for middag."

Han så opp og smilte til meg som, hvis jeg til og med var litt tilbøyelig til å være ærlig, måtte jeg innrømme at knærne mine ble til vann.

I stedet for å være ærlig, ga jeg fra meg en sint knurring og gikk tilbake til gangen.

KAPITTEL VI

«Han jukset», hvisket jeg og gapte over e-posten jeg nettopp hadde mottatt.

"Hvem jukset?" spurte Tracy.

Jeg satt på kanten av skrivebordet og inspiserte neglene hennes, og ventet på at han skulle bli ferdig så vi kunne ta en drink etter jobben.

"Jeremy Cartwright har overskredet målene".

"Jeg vet," sa han med fullstendig likegyldighet til blandingen av adrenalin, panikk, begjær og raseri som svirret i like deler gjennom kroppen min.

Hun hadde ikke fortalt Tracy om innsatsen.

Det var for dumt og barnslig å snakke om det, og siden det hadde med Jeremy Cartwright og sex å gjøre, var hun ikke i tvil om at Tracy ville være på hennes side.

"Hva mener du at du vet?"

"Han har akkurat fått hele belastningen tilbake på kontoen sin. Så selvfølgelig vil han toppe listen."

"At?" ordet kom ut som et høyt skrik.

"Han har vært på kontoret på deltid. Han kom hit fra Chicago for å ta seg av bestefaren sin. Men nå har han gått inn på et sykehjem på heltid, så han er tilbake på jobb på heltid også."

"Hvordan visste jeg ikke dette?"

"Kanskje fordi du aldri forlater kontoret ditt? Kanskje hvis du snakket med noen andre enn meg..."

Rekk opp hånden.

"Wow, så jeg snakker med deg. Så hvorfor fortalte du meg det ikke?"

"Etter den jævla julefesten hadde du trusene dine så videre," sukket hun, og hun holdt fingrene opp for å lage anførselstegn og sa: "hun forbød meg å nevne navnet hennes."

OK, så kanskje alt dette var sant.

Kanskje han ikke var så lat som han trodde.

Men han var absolutt så utspekulert som han trodde.

Han visste at han ville være tilbake på heltid.

Veddemålet var rigget!

Lente seg til fordel for ham hele tiden.

"Hvor skal vi ta en drink?"

Hun rynket pannen.

"Harry's, hvor vi alltid går."

"Nei. La oss gå til Irishman."

"Irskmann?" Tracy hevet øyenbrynene så høyt at de nesten skjøt ut av ansiktet hennes. "Du hater irsk. Det er dit de alle går."

"Jeg vet."

Det var der han ville vært.

Den utspekulerte løgnerrotten og jævelen.

KAPITTEL VII

Han var ikke der.

Nok en grunn til at mitt sinne øker.

Jeg hatet irsk.

Det var et yndet tilholdssted for typiske meglerkledde kontorister og dessverre, hovedsakelig på grunn av nærhet, for Williams Resource Recovery.

Jeg raste i omtrent tretti minutter for at tidens mann skulle komme.

Det gjorde hun ikke, så jeg forlot Tracy ubevisst fornøyd med cocktailen hennes (og en naiv ung kjøpmann) og gikk tilbake over gaten for å se om hun fortsatt var på kontoret hennes.

Det var.

Han ventet tilsynelatende på meg, for da jeg åpnet døren hans, gjorde han lite mer enn å lene seg tilbake i stolen og smile.

"Du jukset."

"Ikke akkurat sant, frøken Harrison. All informasjon var tilgjengelig for deg. Du har bare ikke fått med deg den eller ikke fant det interessant å få den."

Sannheten i ordene hans stakk meg.

«La oss gjøre det da,» sa jeg i et glimt av adrenalinladet bravader som jeg angret i det øyeblikket leppene mine forseglet rundt ordene.

"Lukk døren," ga han kommandoen og reiste seg.

Hjertet mitt banket hardt.

Halsen min trakk seg sammen.

Jeg snudde meg mot døren hans og tenkte på en lekkasje.

Jeg er ikke sikker på nøyaktig hvordan de skjelvende fingrene mine klarte å aktivere låsemekanismen.

Jeg snudde meg mot ham.

Varme og skremmende frysninger red i motstridende bølger over kroppen min.

Jeg begynte å svette samtidig som det rant små nålestikk gjennom huden min.

Jeg husket at han på pulten hans hadde sagt at han ville ha meg, så, med beina svake av frykt, reiste jeg meg til lårene mine traff treverket.

Han hadde flyttet seg fra skrivebordet for å dukke opp bak meg.

Jeg fikset bena, lukket knærne.

Jeg nektet å la ham se meg skjelve.

Han koset seg tett.

Jeg kunne kjenne varmen fra kroppen hans.

Jeg snudde hodet, så meg over skulderen, men fikk ikke øyekontakt.

"Skjørt eller ikke skjørt?" spurte jeg med falsk likegyldighet.

Han humret, en buldrende lyd som vibrerte mot halsen min.

«Er du så engstelig?» mumlet hun.

«Bare gjør det allerede,» røpet jeg ordene gjennom sammenbitte tenner.

"Sa ikke.

"Hva mener du nei? Det var din dumme idé!"

Jeg snudde meg og fant meg selv i armene hans.

Hun hadde bøyd seg for å hvile håndflatene på skrivebordet.

Han snakket mot halsen min.

"Nei, jeg vil ikke," leppene hennes trailte myke kyss over de stramme senene mellom hvert ord, "jeg vil ha deg. Våt. Vil. Tigger."

"Jeg vil ikke tigge," sa jeg mens jeg bøyde nakken bakover for å gi den syndige munnen hans mer plass til å bevege seg.

"Du kommer til å gjøre det." Han førte en hånd til haken min for å løfte ansiktet mitt opp for å se på ham. "Du elsket det forrige gang. Du ville ha mer, gjorde du ikke?"

Jeg kjempet mot grepet om haken og ristet på hodet.

Han senket munnen til meg, leppene hans beveget seg over mine og sa:

"Løgner".

Jeg åpnet meg for ham uten å tenke.

Jeg lot tungen hans finne veien til min, sukket av glede mens den våte spissen spilte meg så bra.

Vi vil.

Så bra.

Slik hadde det falt forrige gang.

Det hadde ikke vært tequilaen.

Det hadde vært munnen hans.

Det var det som hadde beruset meg for å åpne bena.

Jeg buet inn i ham og elsket følelsen av at det harde brystet hans presset mot brystene mine.

Munnen hans forlot min og jeg kunne ikke hjelpe det skuffede sukket tapet ga.

Han gikk på kne.

Jeg så på ham mens hendene hans sakte beveget seg oppover leggene mine.

Hendene hans stoppet på knærne mine for å spre bena mine bredere.

Jeg gjorde det uten protest.

Under skjørtet mitt kom fingrene.

Skyv dem, skyver dem langs den myke, sensitive huden på innsiden av lårene mine.

Skjørtet fanget bena mine og da jeg prøvde å spre dem bredere, ville jeg plutselig ta det av.

Jeg ville ha alt ut.

Jeg kjørte fingrene til sideglidelåsen på skjørtet mitt, men det rikkede seg ikke.

Jeg famlet etter skjørtet.

Frustrert utløste jeg en forbannelse som fikk ham til å le.

Virkeligheten grep inn ved lyden og jeg skjønte hvor raskt jeg hadde kapitulert.

Tanken gjorde meg rasende: Å, som han må elske det!

Jeg slapp glidelåsen i et pust og så ned, klar til å si noe sarkastisk da jeg fikk øye på øynene hans.

Det var ingen latter der, ingen triumf, bare rå, naken nød.

Det slo meg hardt.

Luften forlot lungene mine i en murring.

Virkeligheten ble oppløst med hennes behov for å bli knullet.

Luften endret seg da i det øyeblikket.

Det gikk elektrisk, og gnister av tinder av vårt behov.

Jeg rev i siden av skjørtet.

En gjennomtrengende lyd som rev gjennom luften, men jeg brydde meg ikke.

Jeg ville ha alt ut.

Helt ute.

Akkurat nå.

Han hjalp meg med å senke skjørtet.

Det samlet seg ved føttene mine og lot meg stå i bare hælene og knehøydene.

Jeg gikk for å ta av meg skoene, men han ristet på hodet og røpet ut ordet

"Nei".

Hun hadde på seg enkle truser.

Ikke noe fancy, ingen blonder, bare rosa bomull, men de fikk ham likevel til å stønne.

Jeg kjente en bølge av nytelse ved lyden.

Fingrene hans angrep blusen min og trakk i perleknappene med full forakt.

Jeg hørte et ping fra hyllen da han åpnet blusen min.

Så reiste hun seg og la skjorten over skuldrene mine, førte hånden oppover armene mine for å fjerne den helt.

Han trakk seg unna og så på meg.

Jeg kjempet mot trangen til å dekke meg til, og gravde fingrene inn i kanten av skrivebordet.

Tiden sto stille mens han så til han ble mett.

Pusten min brøt stillheten på kontoret.

Vente.

Tid.

Brystvortene mine hovnet smertefullt, den våte fitten min ventet.

Hun var ikke vant til å vente.

Kontroll var ikke noe jeg ga opp lett.

Hun var stram som en vibrerende streng mens hun ventet på at han skulle bevege seg.

Bevegelsene hans virket bevisst sakte da han kom tilbake for å stå i nærheten.

Som om han hadde roet seg etter trangen til å ta av meg klærne.

Han snakket ikke, i stedet mumlet han utydelige lyder av nytelse mens han gled hendene over huden min.

Han utforsket meg som om han kartla topografien min, fingrene hans fulgte hver dykk og kurve med intens konsentrasjon.

Jeg stønnet og bøyde hoftene, utålmodig etter at fingrene skulle bevege seg sørover.

Han ignorerte den insisterende bevegelsen av hoftene mine og fortsatte sin torturisk sakte utforskning.

Mens fingrene hans gled nedover magen min og strøk mot den elastiske kanten på trusen min, stønnet jeg.

"Ja".

Jeg trodde han skulle grave dypere og til slutt ta på fitta mi, men i stedet førte han hendene til hoftene mine og snudde meg til å stå foran skrivebordet.

Fingrene hans beveget seg ertende over rumpa mi og gled deretter ned for å ta opp anklene mine og spredte bena mine lenger fra hverandre.

Jeg måtte lene meg fremover for å få balanse, og la albuene mine på skrivebordet hans.

Masserende hender beveget seg oppover leggene mine, talentfulle fingre gravde seg inn i muskelen til tiden ble nesten flytende.

Da han nådde knærne mine brakte han munnen sin i spill, etterslep våte kyss over den følsomme kurven.

Jeg kunne ikke la være å svaie hoftene, kroppen beveget seg uten å tenke, svaiet av glede.

Jeg sukket mens tomlene hans gravde seg inn i musklene mine, og lindret knuter og plager.

Der fingrene hennes gikk, fulgte jeg munnen hennes, kysset, bet, slikket og strøk til slutt hakestubbene hennes.

Da hendene hans strakte seg ut mot buksen min, ventet jeg, klar for at han skulle ta av trusa mi.

Han gjorde det ikke.

I stedet skled hun tommelen inn under den firkantede kanten på den ungdommelige trusen og løftet dem opp.

Han trakk til stoffet stakk mellom baken min og vugget mot den våte spalten og bankende kliten min.

Jeg reiste meg på tærne med et gisp mens han trakk i trusa mi med ødeleggende effekt.

Jeg kunne komme slik.

Jeg skjønte det da den våte kluten kjærtegnet kliten min.

Jeg rygget unna og oppfordret ham til med gisp og stønn.

"Ja. Ja," stønnet jeg da jeg kjente begynnelsen på en forestående orgasme.

Og han stoppet ved å slå meg på rumpa.

"Ikke ennå," sa han, og jeg bet bokstavelig talt tilbake trangen til å skrike, og sank tennene smertefullt inn i underleppen.

Han tok av meg trusa i én bevegelse.

Begge hendene hans tok tak i kantene og dro dem raskt ned.

Han tok på beinet mitt mens trusen, strakte seg til det ytterste, nådde knærne mine.

Siden jeg ikke beveget meg fort nok, rev han trusen min etter kile.

De to restene falt på skoene mine.

Jeg hadde ikke tid til å protestere.

I det øyeblikket rumpa var bar, skled han bena mine lenger inn og begravde ansiktet sitt i rumpa mi.

Hendene hans gikk til baken min, med utstrakte fingre åpnet han dem ytterligere.

Jeg skrek i sjokk i det øyeblikket tungen hans traff rumpa mi.

Små svinger.

Jeg fant meg selv å ringe i takt med ham med tungen hans:

"Uh-uh-uh-uh..."

Følelsen var utrolig.

Jeg har aldri følt noe slikt.

Jeg vugget mot munnen hans.

Hendene mine rakte ut og grep bordet.

Papirene gled fra under armene mine og krøllet seg sammen mellom fingrene mine.

En hånd forlot baken min for å gå mellom bena mine.

Tommelen hans, jeg tror det var tommelen hans, stupte ned i den våte fitten min og så ned til klitoris.

Han sirklet den hovne nuppen mens tungen hans presset mot anusen min.

Jeg kjente den stramme anus slappe av ved det insisterende trykket fra tungen hans.

Språk.

Tommel på klitoris.

Jeg bukket under

Munnen min presset mot treet.

Jeg gråt med dyrelyder, uten ord, hvin og knurring.

"Uh, uh, uh, eeeeee", kjente jeg anus trekke seg sammen på tungen hans.

Tommelen hans gjorde et siste strøk på kliten min, og deretter dyppet fingrene hans ned for å stupe ned i fitten min.

Jeg kjørte orgasmen inn i hånden hans og trakk den inn i fingrene hans.

Utmattet gled jeg fremover og slapp flere papirer på gulvet mens jeg kollapset til overkroppen på skrivebordet hans.

Mens jeg lå slik, utstrakt på skrivebordet hennes, kom hun bak meg.

Jeg kjente trykket fra ereksjonen hans liggende mellom baken min.

Følelsen av den harde kuken hans der, minnet meg om innsatsen som ennå ikke er betalt, og jeg ble spent.

KAPITTEL VIII

Han førte en hånd nedover min nå stive rygg, langs ryggraden.

«Slapp av», sa han mens han beveget seg sakte oppover ryggraden min.

Jeg klarte ikke å slappe av.

Alt jeg kunne tenke på var størrelsen på kuken hans og størrelsen på dritthullet mitt, noe som fikk meg til å krype.

Han lente seg over meg med munnen ved bunnen av nakken min og mumlet:

"Ok. Jeg vil ikke skade deg. Jeg ville aldri skade deg."

Jeg forble stiv , uten å snakke mens hånden hans fortsatte å kjærtegne lengden på ryggen min.

Jeg hadde fortsatt på meg BH-en min.

Han stoppet ved stroppene for å flytte låsen.

Da stroppene var løsnet, førte han hendene til skuldrene mine, med et forsiktig klem som løftet meg opp.

Han tok meg hardt og dro meg mot seg.

BH-en løsnet da jeg satte meg opp, og han beveget hendene for å feste brystene mine.

Tomlene hans løp over de herdede tuppene på brystvortene mine.

Han var fortsatt fullt påkledd.

Beltespennen hans føltes kald mot korsryggen min.

Han snudde hoftene mot meg og dyttet hanen i sakte sirkler mot bunnen min.

Spenningen som grep kroppen min ble sakte mindre da munnen hans beveget seg nedover nakken min.

"Så vakkert," mumlet han.

Han strakte seg ned for å kutte fitten min, krøllet fingrene mellom de våte leppene og dyppet kort tuppen av to av fingrene hans inni.

Jeg sto på tærne for å gi ham mer tilgang, lente meg fremover og stolte på at han holdt meg oppe.

"Ja," sa han og klypte brystvorten på venstre bryst, en utrolig følelse som strømmet gjennom kroppen min.

«Bøy deg ned», sa han mens fingrene hans forlot fitta mi og la seg på korsryggen min.

Han dyttet meg forsiktig fremover til hoftene mine berørte kanten av skrivebordet.

Jeg slappet av og lot ham plassere meg der jeg trengte ham.

Jeg kjente at han falt på kne igjen.

Hendene hans trakk nedover mine indre lår til tommelen hans hvilte mot kløften på fitten min.

Han skled den ene tommelen og deretter den andre innover.

Jeg ventet på at han skulle presse videre, men det gjorde han ikke, i stedet gled han de våte tomlene mellom rumpa og inngangen.

Han sirklet de våte tomlene rundt det følsomme hullet.

Jeg presset meg tilbake og trykket økte til tommelen gled inn i muskelringen.

Jeg gispet ved invasjonen, men protesterte ikke.

Han spilte, dyttet den ene og så den andre tommelen inn.

Jeg ville ha mer, mye mer.

Det flyktige presset var ikke nok.

Jeg ville bli mett.

Jeg begynte å snakke, " Jeremy for ..." og så gispet jeg.

"Hvilken kjære, hva vil du ha?"

Jeg svarte ikke.

Jeg førte armen der pannen min hadde hvile mot munnen og bet i kjøttet.

Han fortsatte de ertende små støtene inn i anusen min.

Jeg presset meg tilbake, kroppen min ba om mer.

"Si det," sa han, og jeg visste at han ikke ville gi meg mer hvis han ikke sa ordene.

Jeg gjorde motstand og gynget fremover.

Skambenet mitt traff kanten av skrivebordet, og jeg skjønte at hvis jeg dro meg litt, kunne jeg klare det.

Jeg beveget hoftene mine, men han, som om han kjente planen min, tok tak i hoftene mine og tvang meg til å holde meg i ro.

Akkurat i det øyeblikket senket han hodet mellom lårene mine og lente seg inn for å suge et langt sug på spalten min.

Jeg knurret, og da tungen hans fortsatte å gå tilbake til rumpa mi, gispet jeg.

Munnen hans slapp av rumpa mi og jeg vippet hoftene mine bakover for at han skulle fortsette.

Han tok tak i meg igjen og sa:

"Fortell meg".

Jeg lot kroppen skrike mens sinnet mitt fortsatt nektet.

Han reiste seg og jeg løftet hodet fra skrivebordet og så meg over skulderen.

Han hadde kledd hanen i kondom på et tidspunkt, buksene hans var åpne på hoftene og latexdekket hanen guppet tykt og hardt.

Jeg så med store øyne mens han strøk de glatte hendene sine over ereksjonen.

Med ordene fanget i halsen min, strakte han seg fremover og presset det brede, glatte hodet på penis mot anusen min.

Han gynget med hoftene og dyttet spissen aldri så lett inn i bunnen min.

Jeg ventet på strekningen, stupet, men han rørte seg ikke lenger.

Jeg så opp på ham, og møtte bestemte blå øyne.

"Fortell meg," peset jeg, "elsker du meg?"

"Fan ja," knurret han, "jeg vil knulle den stae rumpa di."

Det var nok.

Nok til at jeg ga meg.

"Ta den. Ta den, vær så snill, Jeremy, ta meg."

Han gynget fremover, sakte, veldig sakte, og dyttet kukhodet inn i rumpa mi.

Jeg gispet i prosessen.

I kløen

Hun var i ferd med å fortelle ham ikke mer da hun med en glatt pop gled gjennom den stramme muskelringen og lindret smerten.

Han rakte ut en hånd på korsryggen min mens han gynget inni meg.

Jeg nøt følelsen av metthet, overrasket over hvor godt det føltes.

Jeg ble vant til den sakte gyngende følelsen da han tok tak i hoftene mine og begynte å skyve.

Han dyttet hele lengden inn og ut av meg.

Beltespennen hans klikket hver gang han bunnet ut.

Hvert trykk førte roten til klitoris mot skrivebordet.

Jeg kjente en stigende orgasme.

Jeg klemte meg i forventning og hørte henne stønne mens hun gjorde det.

Han gjorde det igjen.

Med hvert trykk klemte jeg rumpa hardt rundt kuken hans bare for å høre ham stønne.

Han slo meg hardt, jeg var så innstilt på å time grepene mine med støtene hans at orgasmen kom over meg nesten uten forvarsel.

Jeg gispet, lente meg bakover og kjente den merkelige og overraskende følelsen av rumpa min knytte seg sammen i orgasme rundt kuken hans.

Han gryntet, stakk, stoppet mens musklene mine skalv rundt lengden hans.

Da orgasmen min avtok, begynte den igjen.

Ingen rytme presset.

Jævla kort og så lang.

Dyp og deretter grunt.

Helt til han med et gutturalt stønn ropte:

"Jeg cum!"

Han kollapset oppå meg og presset meg mot skrivebordet.

Han sprutet kyss langs nakken og skulderbladet mitt, og stoppet av og til for å slikke svetten fra huden min.

Jeg holdt meg stille og nøt vekten av ham på meg.

Jeg sto der ved pulten, naken og spredbein mens han reiste seg , løsnet kondomet og rettet på klærne.

Det var først da han satt ved skrivebordet sitt at jeg endelig reiste meg.

Jeg hadde et stykke papir teipet til venstre bryst.

Det hadde gått fra det sublime til det latterlige.

Jeg tok den av, ga den til ham og sa:

"Jeg håper det ikke er viktig."

Han tok det fra meg med et smil.

Først søkte jeg etter trusen min, og så innså jeg at de var i to deler, tok jeg bare på meg det flatede skjørtet.

Glidelåsen gikk bare opp halvveis, ødelagt øverst.

Skjorten min var heller ikke bra, to knapper manglet og den hang åpen foran brystene mine.

Mens jeg så på hvordan det katastrofale antrekket mitt hadde blitt, hadde Jeremy reist seg fra skrivebordet og plukket opp dressjakken sin.

Han ga meg den og jeg tok den på.

Den kom ned til midten av låret og dekket det meste av skaden.

Mens jeg brettet opp de for lange ermene, satte Jeremy seg tilbake ved skrivebordet overfor meg.

"Så," sa han, og så plutselig ikke så sikker ut på seg selv.

"Så," sa jeg igjen.

"Jeg vil ikke vente ti måneder til på dette."

Munnen min falt litt.

Jeg lukket den og prøvde å finne en måte å svare på.

"Nancy, min kjære, du er den mest sta, klønete kvinnen jeg noen gang har møtt."

Rasende, jeg fant lett ord for å svare på det!

Jeg åpnet munnen for å spytte ut litt sannhet om ham da han strakte ut hånden og la en finger mot leppene mine, stille.

"Du elsker meg. Jeg elsker deg. Helvete, jeg skal innrømme det! Mer enn å elske deg. Jeg liker deg. Hver stahet av deg. La oss prøve."

Da han sa ordene, visste jeg at det var det jeg ville.

Det jeg egentlig ville.

"Virkelig? Du er seriøs," hvisket jeg.

"Du vedder på den søte rumpa din," sa han og trakk meg frem for å ta munnen min i et lidenskapelig smeltende kyss.

"Ja," mumlet jeg mot leppene hans.

«Du kjente ham endelig igjen,» sa han og kysset meg hardt nok en gang.

SLUTT